FOLIO POLICIER

Melba Escobar

Le salon de beauté

Traduit de l'espagnol (Colombie)
par Margot Nguyen Béraud

Denoël

Titre original :

LA CASA DE LA BELLEZA

Éditeur original :
Editorial Planeta Colombiana S.A., 2015.

Née en 1976, Melba Escobar de Nogales a soutenu une thèse de littérature sur le journalisme culturel. Chroniqueuse au journal *El País* de Cali, elle a bénéficié d'une résidence d'écrivain à l'université de Santa Fe, au Nouveau-Mexique. *Le salon de beauté* est son premier roman publié en France.

Y vuela, vuela, por otro rumbo,
Y sueña, sueña, que el mundo es tuyo.

Et vole, vole, vers d'autres chemins,
Et rêve, rêve, le monde t'appartient.

Hoja en blanco, Los Diablitos

1

Je hais les faux ongles aux couleurs extravagantes, les cheveux teints en blond, les blouses de soie synthétique et les boucles d'oreilles clinquantes en plein après-midi. Jamais tant de femmes n'ont ressemblé à des travestis ou à des prostituées déguisées en bonnes épouses.

Je hais le parfum trop fort de ces femmes qui ont l'air d'être tombées dans leur pot de fond de teint blanc ; en plus, ça me fait éternuer. Sans parler de leurs accessoires, ces téléphones dernier cri dans des coques puériles à paillettes fuchsia, avec de fausses pierres précieuses ou des petits dessins ridicules. Je hais tout ce que représentent ces êtres non biodégradables aux sourcils épilés. Je hais leurs voix haut perchées, affectées comme si c'étaient des gamines de quatre ans ou des petites putes à narcos coincées dans un corps de femme raide comme un mâle. C'est très déstabilisant ; ces femmes-enfants-mecs me perturbent, m'épuisent, elles me rappellent que tout est moche et foutu dans un pays où la valeur d'une femme dépend de la taille de ses fesses, de la rondeur de ses seins et de l'étroitesse de sa taille. Je hais aussi les hommes étriqués, réduits à leur version la plus primitive, sans cesse à la recherche d'une femelle à monter, à exhiber comme un trophée, à monnayer contre un rang supérieur dans la hiérarchie de leurs congénères Cro-Magnon. Mais autant que je hais cet univers mafieux qui prédomine depuis plus de trente ans dans l'esthétique nationale, dans la logique des truands et celle des politiciens, des entrepreneurs et de presque tout ce qui a le moindre rapport avec le pouvoir, je hais aussi les Bogotanaises, dont je fais partie, mais je lutte pour être différente.

Je hais cette habitude d'appeler « indiens » tous ceux qui, selon elles, se situent au bas de l'échelle sociale. Je hais cette façon de n'utiliser le vouvoiement que pour s'adresser aux domestiques. Je déteste l'obséquiosité des serveurs qui, au restaurant, s'empressent de venir dire aux clients « Et que désire monsieur ? » ou « Tout ce que madame voudra » ou « Pour vous servir, messieurs dames ». Il y a tant de choses que je hais, que je déteste, tant de choses que je trouve injustes, stupides, arbitraires et cruelles, et je les hais encore plus quand je me hais moi-même d'appartenir à cette réalité inévitable.

Mon histoire n'a rien d'exceptionnel. Pas la peine de rentrer dans les détails. Il suffira de savoir que mon père est un Français qui s'est installé en Colombie pour y construire une usine sidérurgique après avoir gagné un appel d'offres.

C'est là que nous sommes nés, mon frère et moi. C'est là que nous avons grandi, comme beaucoup de gens de notre classe sociale, à la manière d'étrangers habitant un pays fortifié. Au nord de Bogotá, dans un appartement de la vieille ville de Carthagène, à Paris certains étés, sur les îles du Rosaire de temps en temps pour les vacances. Ma vie n'a pas été très différente de celle d'une bourgeoise italienne, française ou espagnole. J'ai appris petite à manger de la langouste fraîche et à pêcher des oursins ; à vingt et un an, je savais déjà différencier un bordeaux d'un bourgogne, je jouais du piano, je parlais français sans accent, je connaissais aussi bien l'histoire du Vieux Continent que j'ignorais la mienne.

Notre famille doit veiller à sa sécurité depuis que j'ai l'âge d'avoir des souvenirs. Je suis blonde, j'ai les yeux bleus et je mesure un mètre soixante-quinze, ce qui devient de moins en moins exotique en Colombie, mais qui m'a donné pendant mon enfance des atouts pour gagner l'affection des bonnes sœurs et l'amitié de mes camarades, ainsi qu'une attention particulière qui inspirait à mon père la peur paranoïaque d'un enlèvement que nous n'avons heureusement jamais subi. Ma richesse et mes traits anglo-saxons ont ensuite contribué à mon isolement. Bien que j'aie depuis peu tendance à penser que je me disais ça pour oublier que mon exil de corps et d'âme avait été volontaire. Peu importe où j'ai voyagé, j'ai toujours été loin d'ici.

À mon âge, la mélancolie fait partie du paysage

intérieur. Le mois dernier, j'ai eu cinquante-neuf ans. Je regarde en arrière et en moi-même bien plus que je ne regarde vers le monde extérieur. Surtout par désintérêt et parce que je n'aime pas ce que je trouve au-dehors. Peut-être que ça revient au même. Je sais que ma névrose a un rapport avec cette lecture sordide de la réalité qui m'entoure, mais je n'y peux rien. Comme disait Octavio Paz, il s'agit de «*la casa de la mirada*», la maison du regard, ma demeure ; je n'en ai pas d'autre. J'assume ma nature de classe. J'accepte, plus qu'accepter, j'embrasse mes haines. C'est peut-être cela la définition de la maturité.

Quand j'ai quitté le pays, les mères veillaient encore à ce que leurs filles ne montrent pas leurs genoux ; aujourd'hui on ne laisse plus de place pour l'imagination. Ça fait partie des choses qui m'ont choquée quand je suis revenue. J'avais l'impression que les seins de certaines femmes me poursuivaient avec une insolence presque agressive. En tout cas, je n'ai jamais réussi à m'adapter à la Colombie, bien qu'en France aussi je sois restée une étrangère.

Au-delà du prétexte des études, mon départ pour Paris ressemblait à une fuite. J'y ai été heureuse plusieurs années, je me suis mariée, j'ai eu ma fille et un métier, puis les années me sont tombées dessus comme une pluie d'épines et les souvenirs se sont déformés dans ma mémoire, jusqu'au jour où j'ai compris que l'heure était venue de rentrer. Divorcée, à cinquante-sept printemps, avec une fille de vingt-deux ans, étudiante à la Sorbonne, j'ai dû emballer toute ma vie dans trois vieilles valises et prendre le chemin du retour sans elle. Aline parle espagnol avec un accent français et elle fait des fautes. Elle est belle. Mince, très grande, avec une préférence pour les femmes, dont on ne sait pas encore vraiment si elle est définitive ou passagère. Ça ne m'inquiète pas beaucoup. Mais si elle avait le malheur de vivre ici, j'ai conscience qu'elle devrait s'en inquiéter, ou du moins subir la morale rance, voire l'humiliation sociale. Les choses ont un peu changé, c'est vrai. Maintenant on voit des étrangers dans les rues et les gens pensent un peu différemment. Malgré tout, hormis mon amie Lucía Estrada, avec laquelle j'ai repris contact après presque deux décennies, je suis assez seule. Même si je n'ai besoin de personne, en fait.

À l'aéroport, j'ai été accueillie par des affiches qui disaient «Passion Colombie». Et dès le lendemain j'ai lu dans la presse: «Massacre dans le sud du pays, quinze morts.» C'est bien cette passion qui me fait haïr les uns et les autres avec tant de ferveur. Ces dames Urrutia, Pombo et MacAllister qui m'invitent à boire le thé et à prier pour le salut d'une quelconque amie malade ou pour les onze enfants morts dans cet immeuble qui s'est écroulé récemment au sud de la ville, où elles n'ont jamais mis les pieds. J'éprouve la même haine pour ces vigiles qui adorent refouler tout le monde à l'entrée des immeubles, pour les 4×4 d'escorte qui obligent les autres voitures à se rabattre, pour les zonards qui arrachent les rétroviseurs au feu rouge. Il n'y a que dans mon travail que je renoue avec mon côté compatissant, celui que l'amertume n'a pas encore contaminé.

Début 2013, j'ai trouvé un logement correct sur la 93e rue, près du parc d'El Chicó. De retour au pays, j'ai dépoussiéré quelques actions qui dormaient et, en plus de l'appartement, j'ai pu acheter un terrain dans la montagne de Guasca, où je compte me faire construire une petite maison. J'ai installé mon cabinet de consultation chez moi, et grâce à mes diplômes, j'ai rapidement eu quelques patients. Même si je dois confesser que la plupart d'entre eux m'ennuient. Leurs peurs sont tellement prévisibles, comme leurs complexes, leurs blocages ou leurs névroses. Malgré tout, à défaut d'autres distractions, je me suis plongée dans les thérapies. Heureusement, l'offre culturelle proposée par la ville est assez intéressante, et il m'arrive d'aller à un concert ou à une exposition, durant les deux après-midi libres que je m'accorde chaque semaine. Après tout, un psychanalyste gagne assez bien sa vie, et vu mon âge et mon train de vie, je n'ai pas besoin de beaucoup travailler.

Avec le temps, j'ai commencé à occuper mes moments de liberté en faisant des promenades. Impossible d'aller dans le centre sans se farcir deux heures d'embouteillages ; c'est la raison pour laquelle j'ai décidé de ne plus me déplacer que dans mon quartier et seulement à pied. Lors d'une de ces escapades, j'ai découvert deux nouvelles librairies, une pâtisserie excellente et deux boutiques de vêtements. Mais je n'ai pas vraiment eu envie de faire des essayages ; j'ai l'impression que mon corps m'est de plus en plus inconnu. Souvent, dans le miroir, mon propre visage me surprend, mes jambes nues sont une carte improbable, décolorée et oubliée.

Au cours d'une de ces balades, du côté de la 82e rue, je me suis arrêtée à la pâtisserie Michel pour prendre un cappuccino avec un gâteau au chocolat. Ensuite j'ai culpabilisé, alors j'ai décidé de marcher jusqu'à la 15e puis de rentrer à la maison, à pied toujours. À quelques rues de là, en ce lumineux après-midi de mai, je me suis immobilisée devant un bâtiment blanc aux portes vitrées que je ne connaissais pas. « La Maison de la Beauté », pouvait-on lire en lettres argentées. Je suis entrée, par simple curiosité. Il me semble que c'était le nom qui m'avait attirée. Je suis tombée sur un rez-de-chaussée débordant de produits de luxe, antirides, hydratants, amincissants, antivergetures, anticellulite ; et soudain, je l'ai vue à la réception. Elle avait des tennis blancs, un uniforme bleu clair et une queue-de-cheval. Sa longue chevelure d'un noir de jais tombait dans son dos. Malgré ses cernes et sa mine fatiguée, elle avait une beauté ancrée, presque brusque. Cette femme débordait de vie. Elle avait en elle quelque chose de sauvage et brutal qui la rendait, pour ainsi dire, vraie. Je ne sais toujours pas si c'était à force de discipline et de vanité ou grâce à un simple don naturel. Je ne le saurai jamais. Karen reste un grand mystère. D'autant plus dans une ville comme celle-là où tout le monde a l'air de ce qu'il est vraiment, avec une tenue, un langage et une adresse qui correspondent à un code de conduite aussi prévisible que répétitif. Plus que sa silhouette de gazelle, c'est la placidité de son visage qui a attiré mon attention. Je parierais qu'elle ne le faisait absolument pas exprès. Rien qu'à la regarder, je voyais que la sérénité avait élu domicile en elle.

Sans doute parce que je la fixais comme une apparition divine, elle est venue à ma rencontre et m'a demandé :

— Je peux vous aider, madame ?

Elle souriait sans effort, comme si elle ne faisait qu'exprimer sa gratitude d'être en vie. J'étais étonnée que personne n'ait l'air de remarquer sa beauté. Comme si la plus fine et délicate des orchidées avait atterri par hasard dans une flaque de boue. Autour d'elle, il n'y avait que des femmes à talons et sourire faux. La fille de la réception était un pot de peinture aux lèvres couleur cerise et aux joues trop rouges. Pas elle. Elle semblait planer au-dessus de la mêlée et donner tout son sens au nom de l'établissement.

— Oui, merci. Je voudrais me faire épiler, lui ai-je répondu, moi qui m'épile pourtant toute seule depuis que j'ai l'âge de le faire.

— Il nous reste des créneaux libres. Tout de suite, par exemple ?

— Oui, c'est parfait, ai-je répondu, presque hypnotisée.

— Votre nom, s'il vous plaît ?

— Claire. Claire Dalvard, ai-je dit.
— Suivez-moi, je vous prie, m’a-t-elle dit à son tour.

Alors je l’ai suivie.

2

— Depuis toutes petites, les Noires et les métisses se lissent les cheveux au fer, au séchoir, avec des crèmes ou en gobant des pilules, en utilisant la technique du tourbillon ou « patcha », elles se font des masques, dorment avec des collants sur la tête ou du sérum à la kératine. Avoir une chevelure lisse est aussi important que de porter un soutien-gorge, notre féminité en dépend, il faut se donner un peu de mal pour y arriver, prendre son courage à deux mains, se mettre des pinces en métal partout, même si ça tire et s'il faut consacrer des heures à cette pratique coûteuse et désagréable, mais pourtant nécessaire à un lissage parfait, dit Karen de sa voix de tambour.

— Les petites filles aussi, vraiment ?

— Petites, petites, non. Mais dès qu'elles grandissent, c'est-à-dire vers huit ou neuf ans, oui bien sûr, elles ont toutes les cheveux lisses, me dit-elle en arrachant les bandes de cire.

La ville lui a tout de suite plu en arrivant. Et, en effet, la plupart des gens la trouvent belle.

Justement à cause de cette légère tristesse qui la caractérise et qui parfois se dissout dans le soleil d'un dimanche matin aussi radieux qu'inattendu.

Elle a laissé son fils de quatre ans chez sa mère à Carthagène et elle est venue à Bogotá. L'une de ses anciennes collègues qui venait d'ouvrir un salon de beauté du côté de Quirigua lui avait proposé du travail. Karen a promis à sa mère de lui envoyer de l'argent chaque mois pour Emiliano, et elle a tenu parole. La mère de Karen habite une maison du quartier de San Isidro, avec l'oncle Juan, célibataire et plutôt mal en point. Ils subsistent essentiellement grâce à la retraite de l'oncle, qui a travaillé trente ans dans un bureau de poste, et aux virements qu'elle leur fait depuis Bogotá.

Karen a grandi en écoutant de la musique colombienne : du *vallenato*, de la *bachata*, et plus tard, de la *champeta* carthagénoise. Sa mère, d'à peine seize ans son aînée, avait un jour été élue Miss San Isidro, persuadée que cela l'aiderait à sortir de la pauvreté, mais elle était ensuite tombée enceinte d'un blond parlant à peine l'espagnol ; un marin, pensait Karen. De ces amours furtives naquit une petite métisse qui hérita non seulement du nom de sa mère, mais aussi de sa beauté et de son dénuement.

Doña Yolanda Valdés vendit des billets de loterie et des beignets dans la rue, elle fut employée de maison et serveuse dans un bar du centre, puis elle décida de se consacrer à son petit-fils et à son arthrose, en se plaignant d'avoir donné naissance à une fille plutôt qu'à un garçon. À quarante ans, c'était déjà une vieille femme.

Les amourettes de *doña* Yolanda lui avaient provoqué deux grossesses supplémentaires — des garçons à chaque fois —, mais la malchance voulut que l'un soit mort-né et que l'autre décède au bout de quelques jours. Yolanda Valdés disait que les femmes de sa famille avaient le mauvais œil. Qu'une sorte de maléfice s'abattait sur elles quand elles s'y attendaient le moins pour les condamner à la solitude.

Karen se souvient de la messe du dimanche à 7 heures et des canaris qui la réveillaient en chantant. Elle se souvient du *sancocho*, cette bonne soupe de poisson qu'elle mangeait au bord de la mer, de sa peau qui tirait et des petites lumières blanches qui finissaient par l'éblouir quand elle faisait trop longtemps la planche. Avec le temps, le rituel — celui de nous enfermer toutes les deux dans cette cabine de massage, protégées par sa jeunesse, sa cadence marine, la vigueur de ses mains fermes et douces — est devenu pour moi un besoin aussi impérieux que de me nourrir.

Dès la première fois que je l'ai vue, j'ai voulu savoir qui elle était. Délicatement, presque tendrement, je l'ai assaillie de questions tandis qu'elle promenait ses doigts sur mon dos. C'est ainsi que j'ai su qu'elle était arrivée à Bogotá en janvier 2013, à la belle saison. Elle avait d'abord emménagé dans un appartement avec salle de bains et kitchenette du côté de Suba, qu'elle louait à une famille pour 300 000 pesos, charges comprises. Elle gagnait le salaire minimum. À la fin du mois, il ne lui restait plus un centime et elle ne pouvait rien envoyer à sa mère, sans compter que le quartier n'était pas sûr et que Karen vivait dans la peur. Le matin où un ivrogne a tiré sur deux personnes pendant une fête de famille sous prétexte qu'elles encombraient la voie publique, Karen a décidé de chercher ailleurs.

Elle a déménagé à Santa Lucía, dans le Sud, près de l'avenue Caracas, mais il lui fallait désormais traverser la ville pour se rendre au salon où elle travaillait.

Lorsque sa collègue l'informa qu'un institut de beauté très sélect cherchait quelqu'un dans le nord de Bogotá, Karen réussit à obtenir un entretien. C'était au début du mois d'avril. Les pluies déferlaient sur la ville. Cela faisait tout juste deux semaines que Karen habitait dans son nouvel appartement ; aussi vit-elle dans ce déluge un signe de prospérité.

La Maison de la Beauté se trouve dans la Zona Rosa. La façade blanche du bâtiment lui donne une allure propre et sobre, mélange de cabinet dentaire et de boutique chic. De l'autre côté des portes vitrées, on pénètre en terre féminine. Derrière le comptoir, la réceptionniste vous accueille avec son plus beau sourire. Dans le magasin du rez-de-chaussée, des employées en uniforme, maquillées, bien coiffées et souriantes, proposent des crèmes, des parfums, des poudres et des masques de grandes marques. Il y a des magazines empilés sur la table basse au milieu de la salle d'attente.

Karen se rappelle être arrivée un 5 avril vers 11 h 30. À peine le seuil du salon franchi, un parfum de vanille, d'amande, d'eau de rose, de vernis, de shampooing et de lavande imprégna sa peau.

La réceptionniste — qu'elle aurait plus tard l'occasion de mieux connaître — lui fit penser à une poupée de porcelaine : un nez retroussé, de grands yeux et une bouche en cœur couleur cerise. Quel rouge à lèvres pouvait-elle bien utiliser ? se demanda-t-elle en se dirigeant vers la salle d'attente.

Au fond, il y a un grand miroir et des fauteuils de coiffeur où deux esthéticiennes épilent les sourcils, maquillent et font tester des produits de beauté. Toutes les employées portent un pantalon bleu clair et une blouse à manches courtes assortie. On dirait des infirmières, à ceci près qu'elles sont soigneusement coiffées et maquillées et qu'elles ont des mains impeccables et une taille de guêpe. L'une d'elles a un teint hâlé parfait, et sur le badge épinglé à sa poitrine, on peut lire son prénom : Susana.

La femme de ménage aussi porte un uniforme bleu, mais d'un ton plus sombre. Celle-ci vient proposer une infusion à Karen, qui l'accepte. Entre alors une célèbre chanteuse de pop tropicale : Rika. Elle est brune, voluptueuse, avec un bronzage enviable, et certainement plus âgée qu'elle n'y paraît. Elle porte des lunettes de soleil sur la tête, un anneau d'or à chaque doigt et une tonne de bracelets. Comme Karen, elle se présente à la réception puis s'installe à côté d'elle et feuillette un magazine.

— *Doña* Fina vous attend, vous pouvez monter, annonce la réceptionniste.

— Merci, répond Karen en tâchant de lisser ses *s* et ses *r* pour camoufler son accent carthagénois.

Elle emprunte un escalier en colimaçon et monte directement au troisième. À sa droite, quatre postes pour la pose de faux cils, trois pour la manucure. Au milieu, quatre cabines. Et au fond à gauche, le bureau de *doña* Josefina de Brigard. Karen se dirige vers la porte entrouverte ; à l'intérieur, une voix l'invite à entrer. Au centre de cette pièce accueillante dont les baies vitrées laissent voir un matin lumineux, une femme d'un âge indéfini, avec des petits talons, un pantalon kaki, une chemise beige et un collier de perles, un brushing impeccable et un maquillage discret, lui souhaite la bienvenue.

— Asseyez-vous, lui dit-elle d'une voix grave.

Doña Josefina la regarde marcher jusqu'à la chaise, derrière l'unique bureau de la pièce. Avec ses yeux d'un vert profond, elle la scrute de la tête aux pieds en haussant légèrement les sourcils.

Puis elle plonge son regard dans les yeux de Karen, qui baisse le front.

— Faites-moi voir vos mains, lui demande-t-elle.

Karen les lui tend, comme si elle venait subitement de retourner à l'école primaire. Mais *doña* Josefina ne sort pas sa règle pour lui taper sur les doigts, elle laisse simplement la main de la jeune femme se poser sur la sienne un moment ; elle met ses lunettes, l'examine avec curiosité, répète l'opération avec la main gauche, puis l'invite de nouveau à s'asseoir.

Elle, au contraire, se promène dans la pièce. « Si j'avais son âge et sa silhouette, moi non plus je ne m'assoirais pas », pense Karen.

— Savez-vous quel âge a notre maison ?

— Vingt ans ?

— Quarante-cinq. À cette époque, mes trois enfants étaient déjà nés. Je suis d'ailleurs arrière-grand-mère.

Karen regarde sa taille délicatement gainée par une ceinture en peau de serpent. Des ongles rose pâle. Des yeux en amande. Des pommettes saillantes, claires et perlées comme de l'opale. La femme qui se tient face à elle aurait pu être une star de cinéma.

— La Maison de la Beauté et ma famille, voilà toute ma vie. C'est la raison pour laquelle je suis intransigeante et sans concession.

— Je comprends, dit Karen.

— Oui, ma jolie, tu m'as l'air dégourdie. Tu as quitté un salon chic à Carthagène pour un institut quelconque à Bogotá. Pourquoi ?

— Parce ce que c'était mieux payé, c'est du moins ce que je croyais en quittant la côte.

— L'argent, toujours l'argent…

— J'ai un petit garçon de quatre ans.

— Vous en avez toutes un.

— De quatre ans ? rétorque Karen sans réfléchir.

— Je vois que vous ne manquez pas d'humour, lui répond *doña* Josefina, repassant aussi sec au vouvoiement. Mon établissement convient aux femmes sérieuses et discrètes, prêtes à travailler douze heures par jour, à bien faire leur travail, et conscientes que la beauté requiert un professionnalisme absolu. Vous avez de l'allure, je suis certaine que vous pourriez vous plaire chez nous. Vous le verrez par vous-même : nos clientes ont beau avoir de l'argent, et certaines en ont vraiment beaucoup, elles sont souvent très peu sûres de leur féminité. C'est une peur commune à toutes les femmes, et plus nous vieillissons, plus cette peur augmente. Voilà pourquoi, à la Maison de la Beauté, nous nous devons d'être professionnellement irréprochables, mais également chaleureuses, compréhensives et capables d'écouter.

— Je comprends, dit mécaniquement Karen.

— Bien sûr que non, vous ne comprenez pas, jeune fille. Vous n'avez pas l'âge de comprendre.

Karen reste silencieuse.

— Donc, comme je vous le disais, on ne répond jamais aux clientes. Si elles veulent discuter, discutez. Si elles préfèrent se taire, ce ne doit jamais être vous qui engagez la conversation. Demander un pourboire ou un service de quelque nature que ce soit est un motif de licenciement. Décrocher son téléphone pendant les heures de travail est un motif de licenciement. S'absenter de la Maison sans autorisation préalable est un motif de licenciement. Emporter un accessoire sans y avoir été autorisée est un motif de licenciement. Les congés ne se prennent qu'après la première année de travail, les cotisations retraite et l'assurance maladie sont à votre charge. De même que les vacances, qui ne sont pas rémunérées, ne peuvent jamais excéder deux semaines, en comptant les jours fériés. Les limes, les crèmes, les huiles, les spatules et autres outils de travail sont à votre charge.

— Je peux vous demander le montant du salaire ?

— Ça dépend. Mes employées touchent 40 % sur chaque prestation rendue. Si tu as du succès, si les clientes prennent souvent rendez-vous avec toi, tu pourras facilement gagner 1 million de pesos en quelques mois, pourboires inclus.

— J'accepte.

Doña Josefina ne peut s'empêcher de sourire.

— Pas si vite, ma jolie. Il me reste encore deux entretiens à faire passer cet après-midi.

Karen trouve étonnant qu'une femme élégante et visiblement éduquée puisse passer aussi naturellement du « tu » ou « vous », sans suivre la moindre règle.

— Je veux simplement vous dire que je suis très intéressée par le poste, se dépêche-t-elle d'ajouter, en conservant le « vous ».

— Tu auras ma réponse d'ici deux jours.

Karen s'apprête à partir, mais *doña* Josefina l'arrête :

— Autre chose, c'est quoi ton problème avec

l'accent de la côte ? Laisse-le tranquille. Tu sais, que ce soit dans ce pays ou ailleurs, personne n'aime notre manière de parler à nous, les gens de la capitale.

Une semaine plus tard, Karen était embauchée à la Maison de la Beauté. Si elle avait été affectée à la section « sourcils, cils et maquillage », elle aurait eu du mal à concurrencer Susana, me confia-t-elle un jour. Mais comme chacune avait ses points forts, elle est vite devenue la reine du deuxième étage. On lui attribua la cabine n°3, où elle pratiquerait des soins du visage, des massages et des épilations. Sa beauté, associée à sa discrétion et à son professionnalisme, la rendit très populaire, notamment pour les épilations. Elle ne fut pas longue à s'apercevoir que les Bogotanaises ne venaient jamais de leur propre chef pour se faire un maillot intégral. Mais parce que leur mari, leur fiancé ou leur amant leur avait demandé. Elle me parlait de ses clientes et de ses collègues. C'est comme ça que le nom de Sabrina Guzmán a surgi dans la conversation.

Karen sait qui a un grain de beauté sur la hanche, qui souffre de varices, qui a eu des soucis avec ses prothèses mammaires, qui est sur le point de divorcer, qui a un amant, qui est cocue, qui part en week-end prolongé à Miami, qui s'est vu diagnostiquer un cancer la semaine dernière et qui vient se faire masser tous les jours pour perdre du poids sans le dire à son mari.

Ce qui lui est confié en cabine n'en sort jamais.

Comme le thérapeute ou le confesseur, l'esthéticienne doit faire vœu de silence.

Le fauteuil de soins tient du divan. Le corps de la femme y est sans défense dans une posture de don de soi. Obéissant à l'injonction « Détendez-vous, éteignez votre téléphone portable », elle entre en cabine, prête à déconnecter un moment. Pendant quinze minutes, une demi-heure, parfois plus, elle s'isole du monde, se connecte à son propre corps, au silence, et souvent à une intimité qui l'encourage à confier des choses qu'elle n'avoue à personne, pas même ses proches.

Sabrina Guzmán était venue un jeudi en pleine averse, empestant l'alcool, les cheveux ruisselants et en uniforme de lycéenne, à peine trente minutes avant l'heure de fermeture. Elle avait expliqué à Karen que son petit copain l'invitait au restaurant, avec une fin de soirée prévue dans un hôtel cinq étoiles. D'après ce qu'elle avait compris, il s'agissait du même type qui était déjà venu la voir deux fois chez elle sans pourtant jamais lui faire les honneurs, et ce parce qu'elle n'était pas intégralement épilée, d'après ce que la cliente avait expliqué.

Il passait deux jours à Bogotá et il devait en profiter. En profiter pour quoi ? Sans que Sabrina n'ait eu besoin de le préciser, Karen avait compris qu'il devait en profiter pour la dépuceler. La séance avait été une vraie torture pour toutes les deux. Sabrina n'arrêtait pas de se plaindre et Karen avait eu un mauvais pressentiment en voyant couler quelques gouttes de sang.

Une fois la jeune fille partie, Karen avait observé la tache rouge sur l'alèse en tissu, en se demandant comment la retirer. Elle avait essayé avec de l'eau, du savon, de l'ammoniaque, mais à peine avait-elle pu récupérer un vague rose pâle qui l'accompagnerait jusqu'à son dernier jour à la Maison de la Beauté.

3

Elle se souviendrait du prénom de l'amant de sa cliente deux jours plus tard, lorsque le corps sans vie de Sabrina Guzmán serait retrouvé. La brève précisait seulement que Sabrina avait dix-sept ans, qu'elle étudiait au Gimnasio Femenino, le grand lycée privé pour filles de Bogotá, qu'elle avait succombé à une rupture d'anévrisme, et que les funérailles auraient lieu ce 24 juillet à l'église de l'Immaculée Conception, à midi.

Bien que les absences ne soient pas autorisées à la Maison de la Beauté, Karen ressentit l'urgente nécessité de s'y rendre. Elle alla se changer dans les toilettes, enfila son jean slim, son t-shirt blanc, et emprunta le blazer noir que Susana portait en arrivant au travail ce matin-là.

Elle sortit sous la pluie avec son parapluie à 5 000 pesos. Elle se fraya un chemin entre les klaxons et les flaques jusqu'à la route 11, où elle arrêta un petit bus de ville en mauvais état. Une fois montée dedans, elle referma son parapluie, ouvrit son porte-monnaie, paya son billet et avança jusqu'à la porte du fond, prise en sandwich entre les fesses chaudes des hommes et l'odeur de patchouli des femmes aux longs cheveux mal teints. En agrippant la barre, elle se dit — comme à chaque fois qu'elle utilisait ce moyen de transport — que rien ne la dégoûtait plus que la texture de ce métal gras et poisseux.

Des passagers continuaient de monter. Le torse d'un homme bedonnant vint se coller contre elle. Il était grand, tellement grand qu'en levant les yeux, Karen pouvait voir au-dessus d'elle son double menton brun.

Un enfant d'environ onze ans monta dans le bus pour vendre des bonbons à la menthe. Il disait faire partie des habitants du Tolima, expulsés de chez eux à cause du conflit armé entre les FARC et les paramilitaires. Il disait avoir quatre frères et sœurs. Et qu'il était le « chef de famille ». Karen fouilla dans son porte-monnaie et lui donna 500 pesos avant d'appuyer sur la sonnette pour descendre à l'arrêt suivant. Le conducteur freina brusquement, elle sauta sur le trottoir.

Avant d'aller à l'église, elle passa par un grand magasin. Elle voulait se débarrasser de cette odeur de saleté. Elle se parfuma avec un testeur Chanel N°5. Elle se regarda dans un petit miroir au rayon fards à joues, se recoiffa avec les doigts, sortit son rouge à lèvres de son sac à main et l'appliqua soigneusement avant de poursuivre sa route.

En arrivant à l'église, elle avança parmi la foule comme sur un tapis roulant. Au quatrième ou cinquième rang, il y avait une place libre. Le cercueil fermé était devant ses yeux. Karen pensa que peu de gens devaient se souvenir du corps aussi précisément qu'elle. Des orteils longs et fins. Les veines marquées au niveau des mollets. Elle se rappela ses taches de rousseur sur ses épaules étroites, son nez droit, ses yeux immenses et ses lèvres fines, et elle réalisa soudain que Sabrina était belle, d'une beauté certes grise comme celle de cette ville, mais discrète et pleine de secrets.

La tristesse surgit comme une vague par temps calme. Elle eut le réflexe de serrer le poing pour s'empêcher de pleurer. Elle pensa au mascara qui risquait de couler sur ses joues et aux gens qui se demanderaient qui était cette intruse au visage tout noir qui pleurait. Elle repensa au mal qu'elles s'étaient toutes les deux donné l'avant-veille pour la rendre lisse et douce comme un œuf, ou plutôt comme une petite fille. Puis elle se souvint qu'elle était à l'église et fut prise de honte. Ce n'est qu'à cet instant qu'elle remarqua l'homme à côté d'elle. Elle était persuadée de l'avoir déjà vu. Il était connu. Elle crut une seconde reconnaître le présentateur des infos people du soir, mais il était bien trop vieux. Enfin, cela lui revint. C'était l'auteur de *Le Bonheur, c'est vous* et *Je m'aime*. Karen esquissa un sourire. Quatre ans plus tôt, avant le tournant que la naissance d'Emiliano avait représenté dans sa vie, Karen était en première année de Métiers du travail social à l'université de Carthagène.

Parce qu'elle était naïve, se dit-elle aujourd'hui,

bien qu'elle ne le soit pas beaucoup moins qu'à l'époque ; parce qu'elle était timide, bien qu'elle le soit encore, il lui était arrivé ce qui lui était arrivé. Il faut dire qu'il parlait bien, ce professeur de Techniques de la pensée. D'accord, il était vieux, beaucoup plus vieux qu'elle, qui venait de fêter ses dix-huit ans, mais elle le voyait comme un sage, un éclairé. Le professeur Nixon Barros avait la démarche chaloupée des Caribéens. Il parlait bien et il riait à gorge déployée. Tout cela l'avait séduite ; rien qu'à l'écouter parler, elle était comme hypnotisée. Nixon ne craignait pas la tendresse. Enfin un homme, un vrai, avait-elle pensé. Elle aimait ses cheveux bouclés, la sueur qui perlait à son front sans que cela semble le déranger, ses chemises à fleurs toujours trop grandes et l'odeur de son eau de Cologne.

Avec le professeur Nixon, elle avait découvert le marché de Bazurto et pris sa première cuite au Goce Pagano. Presque une année entière passée à sécher les cours et à garder ce secret qui la faisait rougir. Karen avait toujours su qu'il était marié, en secondes noces, que sa femme était plus jeune et qu'ils avaient un fils. Mais le jour où il s'était penché pour l'embrasser, Karen n'avait eu que faire du prince charmant que sa mère imaginait pour elle, ni qu'il soit noir, ou vieux, ou marié, elle avait simplement fermé les yeux et entrouvert les lèvres en s'abandonnant à lui.

Les semaines passant, sa joie, son désir et sa folie en étaient arrivés à un point tel que Karen ne réfléchissait plus qu'avec sa peau.

Elle se fit dépuceler dans une rue sombre de Getsemaní, puis continua de se laisser prendre pendant trois ou quatre mois, n'importe où et n'importe quand, avec toujours plus de plaisir et d'abandon, grisée par les mots de Nixon Abelardo Barros. Pour lui, Karen lut *Cent coups de brosse avant d'aller dormir*, de Melissa Panarello ; *Le Deuxième Sexe*, de Simone de Beauvoir ; *Lettres d'amour à un prophète*, de Coelho ; *Ainsi parlait Zarathoustra*, de Nietzsche, et d'autres livres encore qui éveillèrent en elle une révolution chaotique. À cette période, elle commença à regarder autrement les femmes aux sourcils épilés, et à se laisser pousser les poils sous les bras comme une expression de sa liberté. « Je ne suis pas venue au monde pour faire plaisir aux hommes », avait-elle répondu à sa mère après que cette dernière l'avait questionnée à propos de la touffe de poils sous ses aisselles. « Ma fille, ça suffit, si c'est pas pour les hommes, fais-le au moins pour moi », lui avait rétorqué *doña* Yolanda, qui pouvait jeûner quand elle était fauchée, mais qui n'aurait jamais renoncé à aller chez le coiffeur.

Sa mère misait sur la beauté de Karen pour sortir de la pauvreté. Elle disait souvent à sa fille que, si elle avait été présentable ce matin-là, quand le gringo l'avait surprise les yeux cernés et les cheveux en pétard, il ne l'aurait pas abandonnée « comme une vieille chaussette ». D'après ce qu'elle avait compris, son père était un poète, un artiste, un voyageur, même si Karen avait souvent l'intuition que sa mère inventait : parfois c'était un chanteur de Sincelejo, d'autres fois un boxeur de Turbaco ou un marin anglais — cette dernière version étant la préférée de Karen.

C'était une adolescente grande et maigre ; sa mère la nourrissait du mieux qu'elle pouvait mais seuls ses os grandissaient. Elle avait beau se mettre aux fourneaux tous les matins pour lui préparer des œufs brouillés au petit-lait, avec du riz, des haricots, du manioc et du poisson, la petite ne faisait que pousser vers le haut. Pour Karen, le bonheur résidait dans ce petit déjeuner accompagné d'un jus de mûre, installée dans la cour de la maison, lorsque le raffut des haut-parleurs avait cessé et que, dans la rue del Pirata, les mélodies en compétition permanente (*vallenato*, *reggaeton*, *champeta*, *rancheras*) s'étaient enfin tues ; la même guerre cacophonique se livrait tous les week-ends : les gamins pieds nus soulevaient la poussière de la rue et ses cousins apportaient des packs de Costeñita glacée pour boire sur le pas de la porte, tandis que les autres discutaient sur leurs chaises en plastique Rimax et que l'oncle Richard, dans son rocking-chair, toujours silencieux, toujours sérieux, les yeux rougis par le manque de sommeil et le sourire éteint, la regardait avec une tendresse alcoolisée.

Dans sa rébellion, Karen avait décidé de garder les boucles sauvages dont la nature l'avait dotée. Mais avec le temps, les sermons de sa mère et ses études d'esthéticienne, elle s'était non seulement lassée d'expliquer pourquoi elle gardait ses frisettes au naturel, mais elle était même devenue experte en lissage.

Pour sa famille, ses amies et les gens qu'elle connaissait, coucher avec un préservatif revenait à se faire traiter de pute. « S'il y a de l'amour, il n'y a pas de capote », récitait *doña* Yolanda. Puis elle complétait sa phrase par l'une de ses nombreuses superstitions : « Quand un homme dit qu'il t'aime, regarde sa pupille. Si elle se dilate, c'est qu'il ment. » Nixon lui avait dit qu'il l'aimait et sa pupille n'avait pas bougé. Mais au-delà de ça, Karen lui faisait confiance.

Nixon n'était pas comme tous ces Noirs qui parlaient d'argent, de voitures, et des femmes comme si elles étaient du bétail. Nixon n'avait pas de chaînes en or, il n'était pas obsédé par la *champeta* ou les concerts de Rey de Rocha. Nixon aimait la poésie, comme son papa, pensait Karen, sans pour autant savoir qui était son père, et il comprenait qu'elle fasse passer ses études universitaires avant les concours de beauté.

Lors de ce premier semestre de fac, Karen pratiqua la marijuana, la salsa, mais surtout le sexe, partout et tout le temps ; elle découvrit qu'elle pouvait retourner à un état primitif qui lui procurait du bien-être. Elle apprit à entrer dans une sorte de transe, presque toujours avec Nixon, mais parfois aussi à l'aide de l'appareil pour masser les pieds de l'oncle Juan, des boules chinoises que sa mère rangeait dans le tiroir de la cuisine, ou avec sa propre main.

Lire *Je m'aime* permettait à Karen de maintenir

sa culpabilité à une distance raisonnable, ou du moins de la minimiser grâce à des arguments en faveur de l'hédonisme. Elle était plongée dans sa lecture lorsque les premiers symptômes se manifestèrent : nausées matinales, seins gonflés et hypersensibles, sommeil et fatigue. Vers la moitié du livre, un dimanche matin, elle décida d'aller faire un test de grossesse.

« Merde », s'était-elle entendue dire. Elle venait d'avoir dix-neuf ans.

Sa mère ne lui avait plus adressé la parole pendant des semaines, jusqu'à un après-midi suffocant où Karen, allongée sur son lit à feuilleter un vieux magazine avec des rouleaux sur la tête, l'avait entendue arriver à moto.

— C'est quoi ton plan ? Passer ta journée à larver ?

— J'ai donné à manger à tonton, répondit Karen.

— Secoue-toi, tu es enceinte, pas malade. Bouge-toi un peu, ou c'est moi qui vais te faire bouger d'ici.

De toutes ses lectures de l'époque, ce fut *Je m'aime* qui la marqua le plus, et elle le relut jusqu'à son accouchement, bien qu'elle eût alors cessé de penser que le message s'adressait à elle en particulier.

La personne qui se trouvait à côté de Karen en cette matinée ensoleillée, lors des funérailles de Sabrina Guzmán, n'était ni plus ni moins que l'auteur de son ancien livre de chevet, Eduardo Ramelli. Le maître devait avoir passé la soixantaine, il avait une peau bronzée couleur cannelle, des yeux bleus, les cheveux poivre et sel plaqués en arrière et gominés, comme les galants d'autrefois.

— Chanel N°5, l'entendit-elle susurrer à son oreille.

Karen ne répondit rien, pas parce qu'elle ignorait que l'auteur de *Le Bonheur, c'est vous* portait le parfum 1 Million de Paco Rabanne, ni qu'elle refusait d'entrer dans son jeu, mais parce que sa gorge restait bloquée. Ramelli continuait à sourire de profil, sans détourner les yeux du prêtre, mais conscient de la délicate présence à ses côtés.

— Comment tu t'appelles ? lui demanda-t-il après l'eucharistie.

Un « chuuut » long et grave interrompit définitivement ses efforts pour lui faire ouvrir la bouche. Puis vint le traditionnel « allez en paix » annonçant la fin de la messe. La famille la plus proche était assise aux deux premiers rangs. Une femme inconsolable pleurait en serrant un enfant d'une dizaine d'années dans ses bras. L'orgue retentit et un chœur se mit à chanter un peu faux l'*Ave Maria*, tandis que l'assistance commençait à quitter l'église. Karen emprunta l'allée pour rejoindre la sortie. Elle sentit l'odeur de Ramelli dans son dos pendant quelques mètres jusqu'à ce que deux grandes femmes l'interceptent et qu'il disparaisse dans la foule. Elle fixa son attention sur les brushings des dames, spongieux comme des blancs en neige, sur leurs tailleurs bien coupés et leurs corps secs. Certaines tenaient elles-mêmes leur parapluie, d'autres avaient des chauffeurs ou des gardes du corps pour cela : ils attendaient leur patronne à l'entrée pour qu'elle ne se mouille pas dans les flaques, puis couraient sous la pluie jusqu'à la voiture, où la dame montait à l'arrière, et eux à l'avant.

En traversant l'avenue Calle 100, elle fut étourdie par les klaxons, la fumée des pots d'échappement, les minibus verts séculaires comme la faim des mendiants, les manchots cherchant à laver les vitres des voitures en échange de quelques pièces, les SDF avec un morceau de carton sale sur lequel était écrit le nom du village disparu d'où ils avaient été expulsés, l'histoire d'un massacre pleine de fautes d'orthographe, rédigée avec ce même marqueur, presque toujours noir, d'une écriture d'enfant qui n'a pas fini l'école primaire, le poignet fébrile et le bitume comme seul appui, pour ensuite aller s'installer à ce même coin de rue chaque jour en espérant gagner la pitié fuyante des automobilistes. Des femmes, presque toujours noires ou indiennes, avec un bébé contre la poitrine ou dans le dos, un enfant à la main et une pancarte dans l'autre, le récipient pour faire la manche sous le bras en un émouvant numéro d'équilibrisme orchestré par le feu de signalisation.

Dès qu'il passe au rouge, les mendiants, les SDF, les voleurs, les drogués, les infirmes, les saltimbanques, les chômeurs, les analphabètes, les handicapés, les mutilés, les gamins et les femmes enceintes prennent les voitures d'assaut : une performance quotidienne si répétitive et prévisible qu'elle n'étonne plus personne. Ou presque plus personne. Les seuls à percevoir encore cette réalité avec un tant soit peu d'indignation viennent d'arriver sur cette terre dont les collines « délimitent les frontières de la civilisation » — ainsi qu'on l'enseignait aux élèves du lycée jésuite de San Bartolomé La Merced dans les années soixante.

Chaque jour, dans cette zone montagneuse presque toujours froide, des provinciaux débarquaient des quatre coins du pays. Karen prit conscience qu'elle avait un jour été l'une d'entre eux. Comme les vendeurs de mangues, les ferrailleurs, les chiffonniers, les acrobates et les mendiants.

Pour autant, ce qui l'impressionnait le plus, ce n'était pas l'éventail de métiers nés de la misère, mais la dimension routinière du phénomène. Elle voyait ces femmes remonter la vitre de leurs 4×4 blindés au moindre bras tendu. Ce geste, comme tant d'autres, semblait être répertorié dans un manuel d'instruction que tout le monde devait avoir lu sur ces territoires où les vigiles, les barbelés et les chiens à muselière constituent le paysage quotidien.

De retour à la Maison de la Beauté, ses jambes lui faisaient mal. Ses mains étaient froides. Elle grimpa l'escalier quatre à quatre jusqu'au deuxième étage et se changea aussi vite que possible. Elle s'apprêtait à rejoindre sa cabine lorsqu'un coup sec retentit contre la porte des toilettes.

— Oui ? dit-elle en nouant les lacets de ses tennis.

— *Doña* Fina veut te parler, l'informa une voix derrière la porte.

— Je monte, répondit-elle, puis elle se regarda dans le miroir pour arranger sa queue-de-cheval avant de sortir.

« Ça, c'est pour m'être mêlée de ce qui ne me regardait pas. » Pile au moment où elle s'approchait du million désiré, elle allait se faire virer à cause d'une cliente qu'elle connaissait à peine. *Doña* Fina l'attendait, la porte entrouverte.

— Vous vouliez me parler ? lui demanda-t-elle.

— Asseyez-vous, lui dit sèchement *doña* Josefina.

Karen la scrutait sans percevoir aucun signe annonciateur de quoi que ce soit. Le sourcil gauche de Josefina était légèrement relevé.

— Ma petite Karen, j'ai appris que tu t'étais absentée sans mon autorisation pendant les horaires de travail, commença-t-elle. Je veux que tu saches que rien ne m'échappe, et que, même quand je ne suis pas à la Maison, j'ai mes informateurs. Compris, ma jolie ?

— Oui, madame.

— Bien. Pour te prouver à quel point rien ne m'échappe, je vais te dire où tu étais : tu es allée à l'enterrement de la petite Sabrina Guzmán. Tu veux savoir comment je l'ai su ? Ce matin, la mère de la petite a appelé en disant que sa fille était venue chez nous avant-hier. On ne savait pas qui s'était occupé d'elle, alors on a regardé dans le carnet de rendez-vous. C'est comme cela que j'ai appris que tu avais perdu une cliente. Toutes mes condoléances, ma jolie.

— Je l'ai vue à peine deux ou trois fois.

— Quatre, pour être exacte, rétorqua *doña* Josefina. Et que sais-tu sur elle ?

— Pas grand-chose, *doña* Fina, c'était une ado normale.

— Ah, ma jolie, comme si cela existait une ado normale. Sache que, s'il y a une enquête, la police viendra te poser les mêmes questions, et il vaudrait mieux que tu sois capable d'y répondre. Elle est venue pour quoi ?

— La chose habituelle.

— Épilation ?

— Oui.

— Le maillot ?

— En effet, madame.

— Intégral ?

— Oui.

— Tu es sûre de ne pas savoir avec qui elle avait rendez-vous ? Parce que, vois-tu, cette personne pourrait bien avoir un rapport avec sa disparition.

À cet instant, Annie passa la tête dans l'embrasure de la porte.

— Désolée de vous interrompre. Karen, ta cliente est arrivée, elle t'attend.

— Je peux y aller, madame ?

— Vas-y, mais tu ferais mieux de ne rien dire à personne. Si tu commences à raconter qu'une cliente à toi est morte après un rendez-vous, personne ne voudra plus jamais remettre les pieds dans ta cabine.

— Si vous permettez, ajouta Karen en se demandant si *doña* Fina parlait sérieusement, puis elle sortit en laissant la porte entrouverte derrière elle. À mi-chemin, elle s'arrêta et fit demi-tour : Pardon, madame, mais si la fille est déjà enterrée, sur quoi vont-ils bien pouvoir enquêter ?

— Qu'est-ce que j'en sais, moi ? répondit *doña* Josefina avec une moue désinvolte. Et maintenant, fermez cette porte, j'ai des choses importantes sur le feu.

4

Les années passant, Eduardo a commencé à avoir la larme de plus en plus facile. Il pleurait devant une comédie romantique, quand ses cheveux restaient collés sur l'oreiller et dès qu'il avait des problèmes d'érection. Récemment, il a même pleuré — et pas des larmes de crocodile ! — quand, après un Viagra et beaucoup de concentration, il a enfin réussi à coucher avec une femme. Le pire dans tout ça, c'est que je l'ai su directement par lui. Je me console en me disant que, à ce que je sais, il n'a jamais ramené personne chez nous quand nous étions encore mariés, en tout cas je l'espère. Il avait jeté un dévolu particulier sur une Noire qui s'appelait Gloria et ne devait pas avoir plus de vingt ans. « Ah, la vingtaine ! » ai-je pensé en le surprenant avec elle à la terrasse d'un restaurant de fruits de mer de la 77e. Ç'avait été un hasard. Il s'avère que, ce jour-là, j'étais allée chez le dermato et j'avais décidé de rentrer à pied. Je les ai vus de loin. Je marchais sur le trottoir d'en face. Il pressait sa main dans la sienne, un geste de séduction si ancien qu'il avait fonctionné sur moi à l'époque. J'ai appris le nom de la fille en tombant sur un dossier de photos qui s'appelait « Gloria », un jour où je me servais de son ordinateur. Comme les autres fois, je n'ai rien dit. En fin de compte, je ne pouvais lui reprocher d'aller chercher ailleurs ce que j'avais cessé de lui donner depuis longtemps. Plus que pour cette histoire de jeunette, je lui en voulais d'être égoïste, de manquer d'intérêt à mon égard et de m'avoir laissée seule. Au fur et à mesure des années, mon désir avait graduellement perdu en intensité, ce qui ne s'était pas arrangé au moment de la ménopause. Je me disais que, s'il avait besoin de sexe, il n'avait qu'à aller le chercher où il était disponible. Mais il aurait au moins pu me tenir compagnie et s'intéresser à ce que je faisais, même s'il fallait bien reconnaître que je ne savais plus vraiment en quoi cela consistait, car avec les années, j'en étais venue à concentrer toute mon attention sur lui.

Ce jour-là, quand je les ai vus main dans la main devant un plateau de langoustines, on venait de me diagnostiquer une leucodermie. J'avais réussi à me retenir d'éclater en sanglots devant ce petit amour de médecin qui me regardait avec compassion. Ce n'était pourtant qu'un gamin ; il ne devait pas avoir plus de trente ans.

Je suis partie, silencieuse et tranquille, après lui avoir dit que je rentrais chez moi à pied ; j'ai décidé de faire un crochet par le supermarché, en me disant que le diagnostic devait expliquer l'apparition de la longue mèche blanche qui avait sapé ma belle ma chevelure noire deux mois plus tôt, de même que cette tache sur ma cheville et cette autre sur ma joue gauche. J'étais morose, je ne vais pas dire le contraire. Et juste à ce moment-là, je tombe sur mon mari en compagnie de cette Vénus d'ébène qu'il avait visiblement déjà eu l'occasion de voir nue. C'en était trop. Une double humiliation. Le pire étant que j'ai fini par m'en moquer. Je ne sais pas pourquoi. Peut-être à cause de la ménopause ou de l'habitude d'être malheureuse… En tout cas, je me suis plongée dans un état végétatif dont je n'aurais jamais cru guérir, jusqu'à mes retrouvailles avec Claire.

C'est elle qui est venue me rendre un peu de cette énergie perdue. Nous n'étions pas spécialement proches au lycée. Mon père était moins réputé pour sa fortune que pour ses talents de psychiatre, et nous vivions dans des mondes assez différents. Claire était très belle, fière, orgueilleuse, de bonne famille, excellente en tout point, tandis que moi, malgré mes horribles cheveux couleur potage et des lunettes épouvantables, je passais totalement inaperçue parmi les autres filles. Notre amitié commune avec celle qui deviendrait l'épouse de l'actuel ministre de l'Intérieur nous avait rapprochées. Claire était une femme sophistiquée, d'un milieu très différent du mien. Mais quand nous nous sommes recroisées il y a quelques semaines, elle s'est révélée si seule et pourtant si pleine d'amour que nous avons décidé de nous revoir il y a quatre ou cinq jours, et avons descendu une sacrée quantité de whisky.

Je dois avouer que je n'en avais jamais bu de ma vie. Enfin si, j'en avais déjà bu, j'en connaissais le goût, mais jamais un verre entier. À l'occasion, je prends un petit verre de vin, une coupe de champagne ou un Baileys. Du whisky, jamais. Mais Claire s'était servie en me disant :

— Tu en veux un ?

Je n'aurais quand même pas pu dire « T'as pas plutôt du Baileys au fond d'un placard, mon chouchou ? », comme une grand-mère ou une adolescente de quinze ans. Non. J'ai pris mon courage à deux mains et je lui ai répondu : « Oui, sers-m'en un petit. » J'en rigole en me souvenant de ça. Le premier verre m'a paru dégoûtant, mais les suivants bien meilleurs. C'est le genre de choses qui m'arrivent avec Claire ; d'accord, on a le même âge, ou alors je suis un petit peu plus jeune, mais à côté d'elle, si vive et si indépendante, j'ai l'impression d'être le stéréotype de la nana coincée. Décidément, la jeunesse est un état d'esprit. Par ailleurs, elle a beau approcher la soixantaine, elle reste canon, mais vraiment canon.

Bref, pour en revenir à Eduardo, on s'est rencontrés quand j'avais vingt-cinq ans, la fleur de l'âge pour les femmes, disait-il. Il en avait trente-sept. Jusqu'alors, j'avais vécu comme un rat de bibliothèque. Ma mère est morte quand j'avais onze ans. J'ai toujours été plutôt moche. Ou, en tout cas, pas vraiment belle. Je ne connaissais pas grand-chose aux hommes et je ne savais des relations amoureuses que ce que les livres en disent.

J'ai décidé de devenir psychiatre parce que j'avais passé mon enfance à entendre mon père parler de ses patients ; cela avait dû me sembler naturel. Je ne me rappelle même pas avoir envisagé d'autres études, même si je pense aujourd'hui que j'aurais dû faire Bio.

Il se trouve que j'ai rencontré Eduardo lors d'une conférence. Il m'avait semblé détendu, je découvrirais plus tard que c'était de la frivolité. On aurait dit un homme sûr de lui, sans le moindre désir d'impressionner quiconque, mais j'ai compris avec le temps que cette attitude pouvait s'interpréter comme du narcissisme. Si l'être humain est narcissique par nature et tend à rejeter toute découverte qui remettrait en doute sa vision de lui-même, Eduardo poussait ce réflexe à l'extrême, à la limite de la sociopathie. J'ai mis presque trente ans pour arriver à cette conclusion. Si j'avais choisi d'ouvrir un cabinet plutôt que de me consacrer à l'écriture, mes pauvres patients n'auraient vraiment pas eu de chance, vu les années qu'il me faut pour émettre un diagnostic. Mais bon… La rapidité n'a jamais été mon fort. Je ne comprenais pas qu'un type aussi ancré qu'Eduardo s'intéresse à moi. J'ai toujours eu une forte poitrine, peut-être que c'est ça qui lui a plu. Sans doute ça et le manuscrit, ou alors parce que je me suis toujours montrée trop compréhensive et maternelle avec lui. Je me souviens encore de cette fois où il m'avait appelée « maman ». Il feuilletait distraitement le journal, quand je lui avais posé je ne sais plus quelle question (s'il avait pensé à prendre rendez-vous chez l'urologue, ce genre de choses). Sans lever le nez de son journal, il m'avait répondu : « Non, maman », puis il avait rougi de honte tandis que j'étais prise d'un fou rire.

Nous nous sommes mariés un an après notre rencontre. Je n'avais connu qu'un seul homme avant lui : une relation étrange, aussi déplaisante pour l'un que pour l'autre. J'étais folle amoureuse d'Eduardo. En plus d'être un beau mec, il était marrant, à l'aise, mondain, classieux, autrement dit : tout le contraire de moi. En guise de dot, pour ainsi dire, je lui ai offert un livre qu'il a publié sous son nom avec un grand succès. Il avait trouvé mon texte extraordinaire et proposé quelques corrections dessus. Puis il l'a fait publier sous son nom ; le mien, Lucía Estrada, n'apparaissait nulle part. J'étais tellement mordue d'Eduardo que, non seulement je m'en fichais, mais pire que ça, j'étais fière. Je me disais qu'il aimait tellement mon livre qu'il avait voulu le signer. Je n'en revenais pas. Puis j'en ai écrit un deuxième, mais cette fois, je lui ai dit : « Écoute, mon amour, les interviews, la correspondance, expliquer les théories qu'il y a là-dedans, ce n'est pas trop mon truc… Bref, si tu veux, continue de signer à ma place. » À ma grande surprise, il m'a répondu que, bon d'accord, il signerait aussi les livres suivants. J'avais un peu espéré qu'il me dise : « Non, ma chérie, tu peux le faire, tu mérites cette reconnaissance, comment est-ce que je pourrais signer à ta place ? », mais ce n'est pas ce qui s'est passé, et, trois décennies et seize livres plus tard, Eduardo s'était forgé la réputation d'être le deuxième plus grand auteur de développement personnel en Amérique du Sud. Le premier, nous savons tous de qui il s'agit.

Au début de notre mariage, l'idée d'avoir un enfant fut sujette à discussion : il n'avait pas fermé la porte et j'attendais en quelque sorte qu'il l'ouvre pour moi. Mais il ne l'a pas fait. Il n'a pas non plus voulu vivre à l'étranger, car ici, il avait ses fans et ses associés. J'ai continué à écrire ses livres. Il m'amenait partout, il faut bien le dire. Il donnait les conférences, j'écrivais. Il dédicaçait des livres, j'écrivais. Il allait faire des courses, j'écrivais. Il passait le week-end avec une maîtresse, j'écrivais. Et ce pendant trente-trois ans. Pour être tout à fait franche, on ne peut pas dire que j'en aie vraiment souffert. J'ai mené une existence tranquille. J'aime les livres, auprès d'eux je me sens bien, à mon aise. J'ai pu avoir une vie confortable. Et puis, j'aimais tellement Eduardo que son bonheur faisait le mien. Nous avions des points communs, même s'il n'aimait pas beaucoup parler des livres. Enfin, je ne sais plus trop ce qu'on avait en commun… Ah si, la cuisine ! Il savait faire trois ou quatre plats, et quand il les préparait, il m'expliquait les différentes étapes. J'ai un peu oublié notre vie quotidienne, je me souviens juste que je ne me sentais ni amère ni malheureuse. Absolument pas. J'ai dû attendre qu'on se sépare pour arriver à un diagnostic : le patient neurotique, en l'occurrence Eduardo, fait de son monde un miroir symétrique dont il espère qu'il lui donnera une conclusion identique à celle qu'il a déjà tirée à son propre sujet. En d'autres termes, le patient recherche chez son épouse, ses amis ou dans son travail une confirmation de ce qu'il projette sur eux et de ce qu'il voudrait qu'ils soient dans l'idéal. Aussi ne reconnaît-il pas autrui comme un être indépendant, car autrui n'existe que parce qu'il est le reflet de ses propres désirs insatisfaits. Lorsque se produit l'échec inévitable de l'attente idéalisée, s'ensuit une frustration irréversible qui donne lieu au processus que Freud, reprenant Jung, appelle « régression de la libido ». C'est ainsi que j'ai vécu trente ans avec un homme qui n'a jamais su qui j'étais et n'a jamais cherché à le savoir.

Un homme qui ne cherchait qu'à se sentir aimé, admiré et respecté par une masse anonyme mais irréfutable. Mon existence n'était pour lui qu'un médium de la réaffirmation perpétuelle de sa valeur.

Ce qui est sûr, c'est que j'étais heureuse, à ma façon. Je suppose que selon ma logique « le bonheur consistait à nier mes propres désirs, renoncer à moi-même, voire à me punir », d'après les mots de Claire. Je le servais et je lui servais. Le plus ironique étant que je lui sers toujours. Sans que nous ayons eu à divorcer officiellement, j'ai emménagé dans un petit appartement du quartier de La Soledad, où je continue d'écrire les livres d'Eduardo en échange d'un salaire et d'une visite furtive de temps en temps, presque toujours décevante. Je le trouve toujours aussi canon, drôle, classe et adorable. Même si, comme je l'ai déjà dit, je n'ai plus de désir depuis longtemps. La clé de tout, c'est qu'Eduardo a beaucoup souffert quand il était petit, son père le maltraitait et il a dû apprendre à se blinder, à se protéger des gens. Ce n'est pas si facile de cerner les autres. Je l'ai dit à Claire l'autre jour. Ne crois pas ça. Personne n'est aussi bon ou aussi mauvais qu'il en a l'air. Eduardo n'était pas un mauvais bougre. Même si on ne peut nier que j'ai peu à peu pris l'apparence de sa mère. Oui, de sa mère. Je lui apportais ses pantoufles. Je lui préparais son café. Je lui faisais couler son bain. Et je lui servais de réconfort, de réaffirmation. Mon pauvre Edu.

La dernière fois qu'on s'est vus, il a essayé de m'embrasser. On était allés dîner dans un nouveau restaurant. Il m'a ramenée chez moi et m'a demandé un dernier verre.

— Je suis fatiguée, ai-je dit pour essayer de m'en débarrasser.

— Juste un verre, ma *Luchía*.

Le verre s'est transformé en cinq ou six, ce qui restait dans la bouteille, doublés d'un interminable monologue. Je commençais à piquer du nez à l'autre bout du canapé. Eduardo a voulu parler de son problème d'impuissance, puis il s'est approché pour m'embrasser mais j'ai tourné la tête.

— Je ne peux pas, mon amour, désolée, lui ai-je dit en faisant un effort.

— Tu ne peux pas ou tu n'en as pas envie?

a-t-il demandé en s'allumant une cigarette sans me regarder.

En cette froide matinée du 23 juillet, il s'est réveillé sur mon canapé. Je lui avais mis une couverture avant d'aller me coucher. Je ne me suis pas endormie avant 3 heures du matin, et deux heures plus tard, je l'entendais déjà remuer. « Mais qu'est-ce qu'il fabrique ? » me suis-je demandé en somnolant. Je l'entendais se prendre les pieds dans je ne sais quoi et s'agiter dans mon salon en chuchotant au téléphone. Un bruit sec m'a fait sursauter. Je suis allée voir. Eduardo cherchait maladroitement ses chaussures dans la pénombre. Il avait fait tomber la bouteille et le fond de whisky s'était répandu sur le parquet.

— Qu'est-ce qui se passe ? ai-je demandé, alarmée.

— Pardon, Lucía, je dois y aller. On s'appelle.

— À cette heure-ci ?

— Un ami est dans le pétrin, il a besoin de moi, je te raconterai.

Dès qu'Eduardo est parti, j'ai vidé le cendrier plein de mégots laissés par mon ex-mari. Je me demandais comment un sexagénaire pouvait avoir un ami en détresse en plein milieu de la nuit. Ces choses-là n'arrivent qu'à l'adolescence. Mais à notre âge ? Je me suis alors rappelé pourquoi je l'avais quitté. Eduardo était un égoïste qui, sauf son respect, pensait plus avec le pénis qu'avec la tête. Qu'est-ce que je pouvais détester l'odeur de clope ! L'un des avantages de mon nouveau chez-moi, c'était que personne ne fumait. Ça et le silence, la paix. J'avais acheté un livre de yoga pour débutants, un tapis spécial et pas mal de bougies. Eduardo se moquait de moi. Il trouvait ridicule que j'apprenne quelque chose de nouveau à mon âge. Mais à force d'y consacrer une heure par jour, j'ai fini par bien me débrouiller. Le simple fait de ne plus accompagner Eduardo dans ses voyages m'avait donné beaucoup de liberté. J'allais au cinéma une ou deux fois par semaine en plein après-midi, je faisais parfois de longues promenades dans le Park Way, et j'avais même songé à m'acheter un chien.

Je me suis coupé une tranche de pain que j'ai mise dans le toasteur. J'ai passé la serpillière sur le parquet. L'odeur de whisky me donnait la nausée. J'ai ouvert grand les fenêtres. J'ai fait du café, j'ai arrosé les plantes et j'ai posé mon ordinateur portable sur la table du salon pour réviser ce que j'avais écrit la veille. Je me suis servi mes tartines et mon café, j'ai mis mes lunettes pour me relire : « Ainsi l'adultère demeure la cause principale de divorce et de violence conjugale. C'est un facteur de dépression, d'angoisse, de perte d'estime de soi et de nombreux autres troubles psychologiques, représentant le côté le plus sombre de l'amour toxique. » Je me suis relue deux fois et j'ai éclaté de rire. Pas une troisième fois. *Amour toxique* semblait parler de notre couple. Je me suis sentie lasse. Que se passerait-il si je n'écrivais pas ce livre ? Les droits d'auteur des précédents nous suffiraient amplement à tous les deux. D'accord, il avait déjà signé le contrat pour *Amour toxique* et sa publication était prévue pour l'année suivante. Mais il pouvait très bien se trouver un autre nègre : ce n'étaient pas les jeunes et bons auteurs qui manquaient, et certains avaient même une formation en psychologie.

En plus, l'affaire qu'il avait montée avec son associé avait l'air de bien marcher. Pas grave si on ne le publie pas, ce livre, on ne mourra pas de faim. Mais Eduardo était devenu de plus en plus ambitieux. Ou de plus en plus avide, devrais-je dire. D'ailleurs, ç'a été la raison de notre séparation. Son projet d'achat à New Hope, plus le coup de Gloria… la coupe était pleine. J'avais eu beau critiquer l'esthétique Miami et le prix exorbitant de ces mètres carrés, les plus chers de la capitale, ça n'avait servi à rien. Il insistait pour dire qu'on se sentirait mieux en vivant avec des « gens comme nous ».

— Avec des gens comme nous ? Tu es devenu une caricature de grand bourgeois colombien ?

— Arrête avec tes remarques de gauchiste, Lucía. On dirait une radine, avait-il répliqué.

La conversation ne s'était pas éternisée. Il prétendait que c'était normal de vouloir le meilleur.

— On mérite tout ce qu'on a gagné, ma Piccolina.

Je l'avais alors vu sortir un dossier vert de sa mallette en cuir, qu'il avait ouvert lentement pour en sortir des documents.

— Piccolina, ma décision est prise, tu n'as plus qu'à signer et on fera le meilleur investissement de notre vie.

Eduardo s'était mis à lire les documents à voix haute. De temps à autre, il faisait un commentaire. « Si tu voyais le mur végétal qu'il y a derrière. » « 350 places de parking, des vigiles, 48 caméras de vidéosurveillance. » Puis il reprenait sa lecture. « Tu vas adorer la grande pièce commune, ma chérie, il y a même une cuisine et des meubles design de très bon goût. Mais le mieux, c'est le *spa*. Toi qui aimes nager, tu vas adorer. Il y a une piscine semi-olympique climatisée, un prof de natation à disposition, un sauna, un hammam, une salle de Pilates. » Son « toi qui aimes nager » résonnait dans mes oreilles. C'était la vérité. Adolescente, je pratiquais la natation et j'avais continué pendant mes études. Je me demandais maintenant pourquoi j'avais arrêté. « Toi qui aimes nager », me suis-je répété intérieurement. Je sentais que je me noyais dans un océan de tristesse.

J'avais aussi aimé Joan Baez et Simon & Garfunkel, j'avais aimé partir en week-end à la montagne et préparer l'*ajiaco*, mais Eduardo ne mangeait pas d'*ajiaco*, il n'aimait pas cette musique et, s'il sortait de Bogotá, c'était en avion. Alors je m'étais adaptée, et, à force de m'adapter, j'étais devenue transparente. Il a terminé son discours sans remarquer ni mes yeux rouges ni mon mutisme, il a rangé les documents dans sa mallette, a changé de veste et s'est parfumé avant de sortir.

— Au revoir, mon amour, lui ai-je dit en souriant depuis notre lit.

— Ne mange pas trop, s'est-il contenté de répondre.

Je me suis glissée sous les draps avec un paquet de chips et une boîte de chocolats. Vers minuit, j'avais regardé un épisode des *Experts* et deux de *Mad Men*, et j'étais fatiguée. « Les femmes ont beau être les héroïnes de la série, à la fin elles n'ont jamais droit à rien », ai-je pensé. Eduardo n'était toujours pas rentré. J'avais les yeux gonflés à force d'avoir trop pleuré.

Quand j'ai éteint la télé, je me suis imaginé dormir dans un autre lit. Plus petit, mais rien qu'à moi. Je me suis endormie en pensant à une fenêtre qui donnerait sur la rue, ou encore mieux, sur un parc, une cuisine ouverte, quelques plantes et une table ronde éclairée par un plafonnier. Eduardo est rentré quand le jour commençait à se lever. J'étais déjà installée devant l'ordinateur, à regarder des annonces d'appartements à La Soledad.

— Tu travailles déjà ? Si tôt ? m'a-t-il demandé.

— Tu as vu ça, hein ! ai-je répondu, décidée à dénicher cet endroit du monde où j'étais désormais en train de vider un cendrier ; cette chambre à soi où il n'avait pas sa place.

Après avoir fait le ménage, j'ai pris la décision de proposer à Claire de nous voir une fois par semaine. J'ai également décidé de ne plus jamais le laisser fumer chez moi. J'ai décroché mon calendrier : 23 juillet. « À partir d'aujourd'hui, plus personne ne fume dans cette maison », me suis-je dit en entourant la date avec le feutre rouge qui me servait à corriger les épreuves de ses livres.

5

Sabrina était en uniforme. Voilà pourquoi on ne l'avait pas laissée rentrer dans le bar de l'hôtel où Luis Armando lui avait donné rendez-vous. Pourtant elle aurait bien aimé aller y prendre un verre, puis qu'il l'emmène au restaurant, ou au moins faire une balade, mais il avait insisté pour qu'elle monte d'abord dans sa chambre.

« Je n'en peux plus d'attendre, je veux t'embrasser partout », avait-il dit. Cette phrase avait suffi à faire accélérer le rythme cardiaque de Sabrina. « Tu m'aimes ? » lui avait demandé cette voix qui ne cessait de murmurer combien il la désirait à l'autre bout du fil. « Beaucoup », avait répondu Sabrina en rougissant. C'était la première fois qu'un autre homme que son père lui posait cette question.

En entrant dans la chambre, elle vit que Luis Armando était ivre. Elle aussi l'était, à cause de l'eau-de-vie qu'elle avait bue pour supporter la douleur de l'épilation. Si elle avait été sobre, peut-être aurait-elle réagi avant. Mais elle ne l'était pas.

Elle regrettait presque d'être venue. Et pourtant, au lieu de partir, elle chercha dans ses yeux l'étincelle d'amour qu'elle avait cru y déceler une fois. Elle était prête à devenir une femme.

6

En sortant du bureau de sa patronne, Karen se sentit observée par les filles du troisième étage. Celles de la section sourcils levèrent les yeux pour la dévisager. Même celle qui servait le café s'était retournée. Karen savait que, s'il n'y avait pas eu de cliente dans les parages, elles lui seraient déjà tombées dessus : Pourquoi tu as été convoquée ? Étaient-elles déjà toutes au courant que Sabrina Guzmán était morte et qu'elle l'avait eue comme cliente ?

Avant de retourner dans sa cabine, elle descendit rendre sa veste à Susana. Celle-ci tchatait sur son téléphone, qu'elle cacha en la voyant arriver.

— Merci, dit Karen en lui tendant sa veste.

— De rien, mon chou, répondit Susana avec un sourire bienveillant.

Le regard de Karen se posa sur le sac de marque à ses pieds, elle se demanda si c'était un vrai.

— Oui, c'est un vrai, répondit Susana, qui semblait capable de lire dans ses pensées.

— Il est beau, ajouta Karen.

— Merci, *princess*, dit Susana. Tu as une bonne tête, toi. Tiens, prends mon numéro, si jamais tu as besoin d'une amie. Avec toutes ces hyènes jalouses dans les parages, tu risques de te prendre des coups de griffes, ajouta-t-elle, presque dans un murmure.

Quand Susana composa son numéro de téléphone pour la biper, Karen remarqua qu'elle avait le dernier iPhone. Une tablette dépassait également de son sac.

— Pourquoi tu viens au travail avec ? Pour les rendre jalouses ? lui demanda-t-elle.

— Oui, c'est ça.

Annie interrompit leur conversation pour prévenir Karen que son rendez-vous suivant était arrivé.

— Ne t'en fais pas pour les hyènes, dit Karen, en utilisant ce terme pour la première fois. Elles n'auront jamais de quoi se payer une tablette.

— Ah, ma belle, rétorqua Susana, on voit que tu es nouvelle. S'il faut se priver de nourriture, elles le feront, pourvu qu'elles soient à la pointe de la mode. Je te prête mon sac et mes fringues quand tu veux.

Karen remonta au deuxième. Une fois dans sa cabine, elle brancha l'appareil pour chauffer la cire. On toqua deux fois à la porte. Avant d'ouvrir, elle appela Annie à la réception et lui demanda qui était sa prochaine cliente.

— Sérieusement, tu ne sais pas qui c'est ? lui répondit-elle, avant de raccrocher.

Par chance, elle se souvint du nom en ouvrant. Même si Karen ne l'avait jamais eue en rendez-vous auparavant, elle l'aurait connu, car la cliente en question présentait une émission people tous les soirs à la télévision.

Jusqu'à présent, Karen admirait la présentatrice. Lors de ses deux ou trois rendez-vous précédents, jamais elle ne lui avait manqué de respect. Elle était presque encore plus belle en vrai qu'à l'écran. Karen adorait ses cheveux lisses.

— *Doña* Karen, comment allez-vous aujourd'hui ? demanda Karen, d'un ton jovial.

Soit *doña* Karen ne l'entendit pas, soit elle n'eut pas envie de répondre.

— Vous pouvez poser vos vêtements sur la chaise, je vous laisse vous déshabiller. On fait le maillot ? Vous avez besoin d'un slip jetable ?

— Non, juste les jambes et les aisselles.

— Très bien, *doña* Karen, vous pouvez vous mettre en sous-vêtements. Je reviens dans une minute. Est-ce qu'un café ou une infusion vous ferait plaisir ?

— Une infusion.

Karen en commanda une pour la cabine n°3, puis elle alla chercher une couverture électrique dans le placard. Heureusement, il en restait une. Si quelque chose disparaissait de l'armoire commune, toutes les employées devaient rembourser. Elle retourna dans sa cabine. *Doña* Karen était allongée sur la table de soins. Elle devait avoir dans les trente ans. Cela faisait apparemment des années qu'elle venait à la Maison de la Beauté ;

une autre esthéticienne s'était occupée d'elle jusqu'au jour où la présentatrice avait perdu son téléphone : l'employée avait été renvoyée, sans enquête ni preuve. Ainsi se terminèrent les vingt ans de carrière de la précédente, et *doña* Josefina avait confié à Karen le joyau de la couronne.

— Dis-moi, Karen, c'est ton vrai nom ?

— Oui, madame.

— C'est un peu gênant qu'on s'appelle pareil, tu ne trouves pas ?

— Comment ça, madame ?

— Arrête avec tes « madame », je ne suis pas mariée. Voyons voir… Comment vais-je m'y prendre pour que tu comprennes qu'on ne peut pas s'appeler pareil ? Tu veux que je te fasse un dessin ? « Salut Karen, comment ça va ? », « Bien Karen, et toi ? », « Très bien, merci Karen ». Tu vois ce que je veux dire ? ironisa-t-elle tandis que Karen passait une lingette sur sa peau.

— Vous désirez une mousse anesthésiante, ou je fais sans ?

— Tu m'écoutes quand je te parle ? répondit *doña* Karen avec irritation. Tu dois bien avoir un deuxième nom, pas vrai ? Sinon je te donne un surnom.

— Comme vous voudrez, *doña* Karen. Je n'ai pas de deuxième prénom.

— C'est si difficile à comprendre ?

Elle lui appliqua du talc sur les mollets, puis saisit la spatule en bois et vérifia la température de la cire sur le dos de sa main gauche. Ce geste lui rappelait toujours l'époque où elle goûtait les biberons d'Emiliano pour s'assurer qu'ils n'étaient pas trop chauds. Elle se dit que *doña* Karen avait dû passer une mauvaise journée. Après tout, ce ne devait pas être si facile d'être une star. Les gens la harcelaient dans la rue pour obtenir un autographe et il devait être épuisant d'entendre parler de soi en permanence. Elle lui étala de la cire jusqu'aux genoux, puis y appliqua une bandelette en papier et l'arracha d'un coup sec, de bas en haut. Sa cliente laissa échapper un petit gémissement.

Karen se souvint de cette fois où, pendant une pédicure, quelqu'un avait filmé *doña* Karen en pleine crise d'hystérie parce qu'on lui avait coupé un ongle trop court. La rumeur courait que c'était notamment à cause de cela qu'il était interdit d'utiliser son téléphone en cabine ; pour éviter que les employées ne fassent des photos ou des vidéos qui pourraient porter préjudice à la Maison.

— Dans une seconde, c'est terminé. Je vous mets la couverture ?

Toujours allongée, *doña* Karen répondit par un hochement de tête.

— Parfait. Maintenant les aisselles, et ce sera bientôt fini, annonça Karen en lui massant doucement les jambes avec du gel à l'aloe vera.

Elle pensa que la personne qui avait tourné cette vidéo en cachette n'était pas quelqu'un de bien. « C'est mal de jouir du malheur des autres », se dit-elle intérieurement en admirant la peau douce de *doña* Karen.

— Ça y est, je sais, dit soudain sa cliente en la tirant de ses pensées : Pocahontas ! ajouta-t-elle avec un petit rire malicieux. C'est excellent, tu ne trouves pas ? Ça te va à ravir, avec tes cheveux noirs, tes yeux en amande et tes lèvres pulpeuses, tu dois être à moitié indienne, pas vrai ?

Et elle éclata d'un rire hystérique.

— Si vous voulez m'appeler Pocahontas, allez-y, dit Karen en répétant l'opération : nettoyer la zone à épiler, tester la température de la cire, appliquer le talc, étaler la mousse anesthésiante, puis la cire avec la spatule en bois, la retirer avec la bandelette en papier et finir par le gel à l'aloe vera. *Doña* Karen avait gardé les yeux fermés presque tout le temps, mais avec un petit sourire aux lèvres. Karen se demanda si ce sourire ne la quittait jamais ou s'il lui était adressé. En fait, Karen Marcela Ardila, puisqu'elle avait un deuxième prénom, n'avait cessé de sourire depuis qu'elle avait été élue Mini-Miss Colombie à huit ans. Ce rictus faisait désormais tellement partie de son être qu'elle n'avait presque plus de prise dessus. Elle souriait tout le temps, y compris dans les situations tristes ou dramatiques ; c'était d'ailleurs l'une des raisons pour lesquelles elle ne pourrait jamais présenter autre chose qu'une émission people.

De là où Karen se trouvait, ses implants semblaient sur le point d'exploser. Elle avait un corps sculptural qu'elle aimait exhiber, et pas seulement dans les catalogues de sous-vêtements. Elle portait un string en dentelle et un soutien-gorge de soie noire bonnet E. Sa peau était de la couleur du caramel et ses cheveux entre roux et blond champagne. Elle avait un nez minuscule et des traits de princesse Disney sur un corps de playmate.

— C'est terminé, dit Karen, soulagée.

Doña Karen se releva sans cesser de sourire, en balançant ses énormes fesses comme un paon en pleine parade nuptiale. Karen lui tendait un peignoir quand le téléphone de la cabine sonna.

— Tu as un autre rendez-vous, et ne me demande pas qui c'est, lui dit Annie.

— Je vous laisse vous rhabiller et je prépare votre reçu, dit Karen à sa cliente.

— Merci, Pocahontas, répondit *doña* Karen sans la regarder et sans cesser de sourire. Tu sais, ça fait plusieurs fois que je t'observe. Tu as une beauté sauvage, comme les petites Indiennes avec leur cache-sexe, insista-t-elle avant de laisser échapper un nouveau rire enfantin et strident. Tes cheveux lisses, par contre, c'est artificiel, n'est-ce pas ?

Karen ne répondit rien.

Doña Karen lui donna un pourboire de 1 000 pesos qui ne lui aurait même pas suffi à s'acheter un ticket de bus, mais prit par ailleurs une crème Sisley et une crème Olay à 1,5 million de pesos, le double de l'ancien salaire de Karen. Dans tout cela, c'était le billet de 1 000 qui l'avait le plus humiliée.

Karen gardait ses pourboires sous son matelas, où se trouvait déjà plus d'un million de pesos. D'après ses calculs, elle pourrait faire venir

Emiliano dès qu'elle atteindrait les 2 millions. Ce qui lui permettrait de payer sa nourriture, sa scolarisation et la nounou pour le garder. Ensuite, elle se débrouillerait : elle ferait des visites à domicile, elle travaillerait le dimanche, tout ce qu'il faudrait pour gagner un peu plus. Il lui fallait encore trois bons mois pour y arriver. Ce n'était pas si long que cela, se disait-elle pour se consoler.

Elle montait l'escalier lorsqu'elle entendit la voix de *doña* Karen.

— Pocahontas !

Elle se retourna.

— Ugh ! lança-t-elle, en imitant un salut indien digne d'un western.

Karen la regarda et, cette fois, ce fut elle qui se força à sourire. La présentatrice la traitait d'Indienne devant tout le personnel de la Maison pour se venger de porter le même prénom qu'elle. Karen sentait les regards de ses collègues se coller à son corps comme des sangsues. Elle pouvait même entendre leurs rires sournois comme celui des méchantes sœurs dans *Cendrillon*. « Sales hyènes », pensa-t-elle. Heureusement, Susana vint à son secours.

— Dis donc, tu t'es mis Karen Ardila dans la poche ! Elle t'a même donné un surnom !

Puis elle passa son chemin.

Karen fut rassurée d'avoir ne serait-ce qu'une alliée. Elle ne savait pas pourquoi, mais Susana avait décidé de la protéger. Elle n'était pas encore arrivée à la porte de sa cabine lorsqu'elle tomba sur une femme entre deux âges, à la teinture défraîchie, avec de longues jambes et trop de maquillage. Elle se demandait pourquoi son visage lui disait quelque chose. La femme la saisit alors par le bras

— Vous êtes Karen ?

— Oui, madame. Que puis-je faire pour vous ?

— Je m'appelle Consuelo, je suis la mère de Sabrina Guzmán. Vous vous souvenez d'elle ?

Lui revint soudain à l'esprit l'image de cette mère qui pleurait avec un petit garçon dans les bras, pendant l'enterrement qui avait eu lieu quelques heures plus tôt.

— Vous avez pris rendez-vous avec moi ? demanda-t-elle nerveusement.

— Oui, répondit la femme.

— Entrez, s'il vous plaît, dit Karen en lui faisant un signe en direction de sa cabine.

— Qu'est-ce qu'il vous faut ?

— Rien, je vous paierai si c'est nécessaire. Je suis venue pour vous parler.

— Voulez-vous un café ? Une infusion ?

— Je ne veux rien, répondit la femme, fixant la table de soins vide où elle imaginait sa fille allongée deux jours plus tôt.

Karen lui apporta un verre d'eau, surtout pour sortir un instant et éviter de la regarder en face. La mère de Sabrina se laissa glisser contre le mur. Son corps était secoué de larmes. « Elle va tomber par terre », se dit Karen. Ce qui arriva. Karen dut se baisser, prête à lui demander de se relever, mais ce fut un tout autre réflexe qui l'emporta.

La mère qu'il y avait en elle s'accroupit auprès de Consuelo et lui passa un bras autour des épaules. La femme pleurait. Elles restèrent ainsi un bon moment. Puis elle se calma. Son visage ruisselait, son maquillage avait coulé, elle semblait dévastée.

— Vous êtes certaine de ne pas vouloir un soin ? insista Karen. Vraiment, je ne sais pas quoi vous proposer d'autre. Dites-moi ce qui vous ferait plaisir : un massage ? Une hydratation ?

— Je veux juste que vous me parliez de ma fille.

La requête de cette cliente dont elle ne connaissait même pas encore le nom de famille perturba Karen.

— Votre fille ne parlait pas beaucoup, madame. Je vous en prie, déshabillez-vous, gardez juste votre culotte, dit-elle en mettant un peu de musique.

— C'est toi qui l'as épilée ?

— C'est exact, madame.

— Tu as fait ça très bien. On aurait dit une enfant, dit la mère en dégrafant son soutien-gorge.

— Merci, répondit Karen, en songeant que c'était la conversation la plus bizarre de sa vie.

— Et maintenant, allongez-vous, je vais vous apporter une couverture électrique pour que vous ne preniez pas froid. Donnez-moi une seconde. Huile d'amande douce ou lavande ?

— Je t'ai déjà dit que je n'étais pas venue pour ça, répéta la mère, sur un ton légèrement irrité. Pourquoi ma fille serait venue se faire épiler si elle n'avait pas eu un rendez-vous galant ? Je sais qu'elle fréquentait quelqu'un, mais elle ne m'a jamais rien raconté sur lui. Autant te dire que je ne connais même pas son nom.

Karen ne répondit rien. Au lieu de cela, elle lui massa les tempes, le crâne, la nuque. Elle allait s'attaquer aux bras, mais voyant que son maquillage avait coulé, elle ne put s'empêcher de lui passer un kleenex avec du démaquillant, et lui appliqua ensuite un gel nettoyant puis une crème hydratante.

Elle lui massa les bras et, quand elle toucha sa main gauche, la mère de Sabrina Guzmán se remit à pleurer doucement, et ce pendant tout le reste du massage. C'était comme si ces mains jeunes, vigoureuses et expertes contre sa peau appuyaient sur des points sensibles qui la libéraient d'une souffrance enfouie.

Au bout de vingt minutes, Karen lui demanda de se mettre sur le ventre ; alors, en se retournant, Consuelo lui demanda :

— Tu as des enfants ?

— Un petit garçon de quatre ans.

Karen s'occupa longuement de son dos plein de nœuds.

— Ils veulent me faire croire au suicide…, lâcha-t-elle subitement.

— Au suicide, madame ? Je croyais qu'il s'agissait d'une mort naturelle.

— C'est ce qu'on raconte dans les journaux, qu'est-ce que tu crois ?

Karen n'ajouta rien.

— Et maintenant ma fille est sous la terre,

qu'est-ce que j'y peux, mon Dieu, qu'est-ce que j'y peux !

Alors, inconsolable, la mère explosa en sanglots et le massage dut s'arrêter.

— Vous avez déjà parlé à la police ?

— Ils prétendent que, puisque le médecin légiste a conclu à l'overdose de Tryptanol, il n'y a aucun élément qui puisse remettre en question la conclusion du rapport ; il n'y a rien à faire.

— Du Tryptanol ?

— Un médicament, un antidépresseur qui sert à se suicider. Que sais-tu de plus, Karen ? insista la mère.

— Sabrina n'avait pas l'air de vouloir mourir. Comment se serait-elle suicidée, d'après eux ?

— L'hôpital San Blas dit qu'un taxi l'a déposée devant les Urgences. Le chauffeur prétend l'avoir trouvée à l'angle de la 77e et de la 9e sur les coups de 5 heures du matin. Il dit qu'elle lui aurait demandé de l'emmener tout de suite à l'hôpital, que c'était urgent. Lorsqu'ils sont arrivés, comme elle ne se réveillait pas, il serait descendu et aurait découvert une boîte de Tryptanol dans la main de Sabrina. Après l'avoir ouverte, il aurait constaté que la plaquette était vide.

— Elle aurait donc avalé tous les cachets ?

— C'est ce que prétend le médecin.

— Mais une autopsie a été faite ? On a demandé au chauffeur de taxi de témoigner ?

La mère de Sabrina pleurait désormais avec plus de sérénité.

— J'ai eu peur, ce qui me semblait le plus

important à ce moment-là, c'était de lui donner une sépulture sacrée. Tu sais que les suicidés ne peuvent pas entrer dans le royaume de Dieu ?

Karen toucha son pied droit, Consuelo esquissa un sourire. Elle ferma les yeux. D'abord, elle frictionna ses pieds avec un peu de crème. Elle les fit ensuite tourner dans un sens, puis dans l'autre. Sur ses plantes de pied, elle utilisa sa main comme rouleau, de haut en bas, puis en cercles.

— Je ne sais pas quoi vous dire. Elle ne s'est peut-être pas suicidée. Peut-être que…

Le téléphone de la cabine se mit alors à sonner avec insistance. Karen n'eut d'autre choix que d'aller répondre.

— Excusez-moi un instant, madame. Oui, Annie, je t'écoute.

Karen devait abréger son rendez-vous avec Consuelo.

— Je suis désolée, madame, on doit s'arrêter là. J'ai une autre cliente qui monte à l'instant.

La mère de Sabrina se rhabilla prestement. Avant de sortir, elle prit Karen dans ses bras et lui donna sa carte : *Consuelo Paredes, agent immobilier*.

Deux coups à la porte annoncèrent l'arrivée de Rosario Trujillo.

— Comment va ? dit-elle en entrant, sans regarder Karen. Fais-moi le massage amincissant, fesses et taille. Et puis tu m'épileras les sourcils, d'accord ?

Rosario Trujillo était obsédée par l'idée de maigrir, malgré son poids plume.

— Avec plaisir, madame, répondit Karen, puis elle sortit chercher le gel chauffant, les rouleaux de massage et la machine à ultrasons.

Quand elle revint, Rosario Trujillo était allongée et discutait au téléphone. Dès qu'elle la vit entrer, elle passa à l'anglais. Karen avait commencé à s'habituer aussi à cela.

Finalement, sa cliente était tellement hors d'elle qu'elle repassa à l'espagnol, ou plutôt au spanglish, puis elle cria à son mari :

— J'ai déjà dit à ta secrétaire que je n'irais pas à Santa Marta avec Indian Airlines. Tu m'as bien comprise ? Soit tu me mets en classe affaires, soit tu pars tout seul avec les gosses.

Juste après avoir raccroché, *doña* Rosario commença à se plaindre : de la chaleur, du réglage de la machine, du manque de ventilation dans la cabine, du peu de temps que Karen pouvait lui consacrer, de son employée de maison qui avait démissionné sans la prévenir, de sa fille qui ne passait presque plus de temps avec elle, des embouteillages, de la mauvaise qualité de l'eau, puis de la chaleur, encore… L'heure passa lentement.

Karen se demandait pourquoi personne ne prévenait *doña* Trujillo que sa minceur commençait à devenir inquiétante et qu'elle n'avait absolument pas besoin de ces massages. Elle eut envie de le lui dire mais préféra garder son poste.

— C'est terminé, finit par annoncer Karen.

Elle alla préparer la note de sa cliente pendant que celle-ci se rhabillait. Il était à peine 17 heures.

Il lui restait trois heures de travail. Bien que détestable, Rosario lui avait donné 10 000 pesos de pourboire, ce dont elle lui était reconnaissante. En descendant, Karen aperçut les gardes du corps de *doña* Trujillo. D'après les commérages des hyènes, elle était mariée à un homme politique important. En allant déposer le reçu à la caisse, elle se sentit à nouveau observée. Elle allait remonter en cabine quand sa cliente suivante l'arrêta en lui effleurant l'épaule.

— Si tu es débordée, je peux t'attendre ici dans la salle, pas de problème.

Karen se tourna et se retrouva face à moi.

— *Doña* Claire, je suis très heureuse de vous voir. Donnez-moi une petite minute et je vous prends, me répondit-elle, puis elle posa une seconde sa main sur mon épaule.

Depuis le jour où j'étais entrée par hasard dans la Maison de la Beauté, je m'y rendais de plus en plus fréquemment. Je voulais toujours Karen, et si elle n'était pas disponible, je préférais revenir un autre jour plutôt que de me laisser toucher par une autre femme. Je me sentais très bien auprès d'elle. Je pouvais étendre mon corps sur les serviettes blanches et chaudes, m'abandonner au silence les yeux fermés, me laisser aller.

Karen me raconta l'histoire de Sabrina et de sa mort soudaine. Elle me parla aussi de la mère, qu'elle avait dû interrompre en pleine confidence parce que son rendez-vous de 16 heures était arrivé. Je l'écoutais ; je ne sais si c'était par déformation professionnelle ou par intérêt sincère, mais en tout cas, je l'écoutais.

— Et toi, tu penses qu'elle s'est suicidée ?

— Je n'en sais rien.

— Tu as des infos ?

— Elle devait retrouver son petit copain.

— Intéressant. Quel âge il avait ?

— Je ne sais pas exactement, elle ne l'a pas dit. Mais c'est sans doute un jeune actif, dans les vingt-sept, trente ans, maximum. Il travaille en dehors de Bogotá. Mais pourquoi est-ce que j'ai répondu non quand sa mère m'a demandé si je savais quelque chose ? Et pourquoi j'ai fait pareil avec ma patronne ?

— Ce doit être un réflexe, tu te protèges. Ou alors tu respectes la confidentialité de tes discussions avec cette jeune fille. Quoi qu'il en soit, ta décision est respectable.

Je me rendis alors compte qu'elle était déjà en train d'appliquer le masque exfoliant au noyau d'olive qu'il fallait laisser poser six minutes. Le temps passait très vite.

— *Doña* Claire, il ne faut plus parler pendant six minutes, jusqu'à ce que je vous enlève l'exfoliant.

— Parle-moi, toi.

— Mais de quoi ?

— De ce que tu voudras. Et stop avec le « *doña* », s'il te plaît.

Karen parla de Nixon Barros, le père de son fils, Emiliano, de Rosario Trujillo et Karen Ardila, de ses petits calculs pour joindre les deux bouts. Elle me parla de *Je m'aime*, le livre de Ramelli, et de l'importance d'être attentive aux signaux qu'envoient les anges qui nous accompagnent. Ces six minutes me suffirent pour comprendre que Karen était le personnage principal d'une histoire que j'avais commencé à écrire dans ma tête.

— Masse-moi maintenant.

— Maintenant ? s'étonna Karen.

— Oui, lui répondis-je, tâchant de paraître naturelle.

J'ignorais quelle force me poussait à rester auprès d'elle. Je ne voulais pas partir. Je voulais rester là, les yeux fermés, à sentir ses mains et son souffle sur moi.

— Je vais demander si j'ai quelqu'un après. Et si non, avec plaisir.

En raccrochant le téléphone de sa cabine, elle m'annonça :

— Je peux vous faire votre massage. Vous voulez un slip jetable ou vous gardez le vôtre ?

— Ça va comme ça, répondis-je, légèrement perturbée.

Je me déshabillai dos à Karen. La cabine était pourtant presque dans la pénombre. Ses mains ne se cantonnaient désormais plus à mon visage et à mon cou. Elles couraient partout sur moi.

— Voulez-vous entendre la mer ?

Incapable de répondre, je fis semblant de dormir. Karen mit un son de vagues en stéréo et s'occupa de mes mollets ; eux auxquels je n'avais jamais accordé la moindre pensée semblaient maintenant contenir le monde entier.

— Vous faites du sport ? demanda-t-elle.

Cela me fit sourire.

— J'étais sportive il y a longtemps, aujourd'hui c'est à peine si je marche, répondis-je.

Elle parcourut mes jambes, ma poitrine, l'odeur de noix de coco envahissait la cabine, les vagues se brisaient contre cette porte qui donnait sur une réalité à laquelle je ne voulais plus revenir, j'aurais voulu rester là avec Karen pour toujours, avec son parfum de fleurs, son rire d'enfant, son sérieux dès qu'elle se mettait à parler. Avec elle, je sentais mon corps vivant, vibrant, en phase avec l'univers. Je ne me souvenais pas que quelqu'un m'eût déjà touchée comme cela. J'en fus au bord des larmes. Karen me demandait maintenant de me mettre sur le ventre. Je me retournai. Dos à elle, le visage dans le trou de la table de soins, je pus enfin laisser couler mes larmes. Combien de temps ? Depuis combien de temps n'avais-je plus senti le contact d'une peau sur la mienne ? J'eus une envie folle de la serrer contre moi, mais elle aurait pu mal l'interpréter. Non, ce n'était pas ça. J'étais troublée, pas excitée sexuellement. C'était une grande première pour moi. Jamais je n'avais été attirée par une femme. C'était autre chose. C'était sa douceur, la force de sa jeunesse, la tendresse que sa délicatesse m'inspirait ; c'était la simplicité avec laquelle elle se mouvait dans la cabine, son profil ciselé, je ne sais pas, je ne sais pas… En tout cas, je continuai de pleurer en silence, à la fois soulagée, troublée et heureuse — des sensations qui m'étaient devenues étrangères depuis bien longtemps.

7

À 20 heures passées, elle éteignit la lumière et ferma sa cabine. Encore une fois, il était trop tard pour appeler Emiliano. Leurs conversations téléphoniques tenaient de plus en plus du rituel dominical, et elle craignait de devenir l'une de ces mères qui sont parties un jour travailler à la capitale, auxquelles on finit par ne plus savoir quoi dire lors de coups de fil toujours plus courts et occasionnels. Son idée initiale de s'installer ici puis de faire venir Emiliano au bout de quelques mois n'avait pas marché. Ces quelques mois avaient passé. Elle se rappela qu'elle n'avait reçu ce jour-là que 11 000 pesos de pourboire, parfois c'était 20 000 ou plus, mais d'autres fois, elle ne recevait rien du tout. Elle n'aimait pas non plus qu'on lui donne un billet de 1 000, cela l'humiliait, parce que les mêmes mains tendaient cette somme aux clochards dans la rue.

Il était rare que les rendez-vous s'enchaînent toute la journée. Pour combler ces heures mortes, les hyènes, comme les appelait Susana, s'occupaient en inventant toutes sortes de commérages, et en feuilletant les mêmes magazines beauté et people à l'infini. Elles commentaient les régimes des stars, les accessoires de telle ou telle actrice pendant la remise des prix TVyNovelas, les amours d'une mannequin locale avec tel ou tel chef d'entreprise. Karen aussi aimait lire les magazines, mais les remarques désobligeantes de certaines de ses collègues l'ennuyaient. C'est pourquoi elle préférait les jours où elle pouvait à peine reprendre son souffle entre deux rendez-vous. Pendant les heures creuses, elle devenait mélancolique et finissait par se poser des questions sur le sens de sa vie, pendant que Deisy détaillait à voix haute le régime à base de concombre.

En rentrant chez elle, elle regarderait combien elle avait. Elle ne se rappelait plus si elle avait atteint le million, en tout cas elle n'en était pas loin. À nouveau, elle envisagea de prendre le risque de faire venir Emiliano dès maintenant ; pourquoi pas après tout ? Le plus cher serait de le faire garder par quelqu'un. Ça et avoir un toit décent, parce que l'endroit où elle vivait n'était pas idéal. Karen s'imaginait vivre dans un quartier où Emiliano pourrait jouer tard dehors avec les voisins sans qu'elle ait à s'inquiéter. Elle devait connaître plus précisément le coût des choses. Affiner son budget. Se secouer un peu.

L'heure de pointe était passée. Elle n'eut pas à attendre plus de dix minutes à la station de bus. Une fois dedans, bien qu'il n'y ait pas de place assise, elle ne se sentait pas non plus comme une sardine en boîte. Le matin, le trajet était toujours affreux. Les gens s'offusquaient d'avoir à se frotter les uns aux autres, et cela se terminait souvent en bagarre, sans parler des portefeuilles, des téléphones et des bijoux qui disparaissaient dans la masse, ni des accidents de fraudeurs qui sautaient la barrière pour ne pas payer de ticket, ni des pieds écrasés et des bleus que laissaient parfois ces trajets en transport en commun.

Elle calcula qu'elle pourrait s'asseoir dans environ cinq stations. Ce qui ne manqua pas de se vérifier. Au bout de quatre, après Héroes, Calle 76, Calle 72 et Flores, une place se libéra près de la fenêtre. Elle posa sa tête contre la vitre embuée et se laissa bercer par le bruit du moteur. De temps à autre, elle ouvrait les yeux pour regarder où le bus en était. Les maisons du coin lui faisaient penser à des temps meilleurs. Karen l'ignorait, mais ces magnifiques demeures qui défilaient par la fenêtre, désormais transformées en monts-de-piété, en bordels et en magasins clandestins de pièces automobiles, avaient été des maisons de familles riches cinquante ou soixante ans plus tôt. Elle se disait que sa vie serait plus facile si elle pouvait habiter là. Plus haut sur l'avenue Caracas, bien sûr, pas au-dessus des mariachis ni des bars à whisky. Pas loin de la station Marly, par exemple, avec ce grand magasin Éxito où elle irait chercher les fournitures scolaires d'Emiliano le temps venu. Elle ne lui achèterait que de la nourriture saine, pas de cochonneries, que des bonnes choses, des fruits, des yaourts, du fromage frais, pour bien l'alimenter et le faire grandir en bonne santé, pensa-t-elle. Quelque chose lui piqua la fesse. Les bus étaient remplis de puces. Sur la côte, il n'y en avait pas ; seulement des cafards, se souvint-elle. Saloperies de puces.

Depuis un moment, c'était à peine si sa mère lui répondait lorsque Karen demandait si le petit mangeait bien, s'il était sage, si elle faisait attention à ce qu'il ne regarde pas trop la télé. « Occupe-toi de toi, ma fille », répliquait-elle en évitant le sujet. Et elle devait aller baisser le feu sous le *sancocho*, décrocher le linge propre, regarder son feuilleton ou donner un bain au tonton. Toujours la même rengaine.

« Si j'avais un peu d'argent, pensa Karen, je lui engagerais une infirmière, pour que maman arrête de passer ses journées à nettoyer l'urine et les excréments du tonton. » L'état du pauvre homme empirait. De temps en temps, il perdait le contrôle de lui-même, il s'oubliait, ou Dieu sait ce qui lui arrivait, en tout cas il faisait sous lui ; « pour me pourrir la vie », prétendait sa mère, mais Karen avait du mal à y croire. Elle se rappelait quand son oncle passait encore ses journées à lui raconter des anecdotes. Parmi celles qu'il répétait le plus souvent, il y avait l'histoire de cette femelle perroquet qu'il avait aimée « comme sa propre fille ».

Il se trouvait que le perroquet l'accompagnait partout, quand il sortait acheter son billet de loterie, jouer aux dominos ou prendre un café.

C'était la relation la plus stable et durable qu'on eût connue à l'oncle. Du moins en fut-il ainsi jusqu'au jour où le perroquet se fit écraser.

Et comme il n'y avait pas de témoins dans cette affaire, cela la rendait encore plus douteuse, plus sinistre. Personne n'avait vu le perroquet se faire écraser. Le plus étrange étant que la rue était en terre battue et que peu de voitures passaient par là. C'était un quartier de motos.

Toujours est-il que, ce soir-là, l'oncle rentra du bureau de poste où il travaillait et la famille s'installa pour dîner. Karen ne s'en souvient pas, car elle devait avoir à peine trois ou quatre ans et ne se trouvait sûrement pas à table avec eux. Ils mangèrent presque en silence, comme chaque soir, avec la radio allumée. L'oncle apprécia tellement la soupe qu'il en redemanda. Sa deuxième assiette terminée, il questionna sa sœur : « Elle est à quoi cette soupe si savoureuse ? » Ce à quoi Yolanda, la mère de Karen, répondit du tac au tac : « À Sarita, ton perroquet. » L'oncle commença par rire, mais la voyant garder son sérieux, il se leva prestement et se mit à chercher en vain son perroquet dans toute la maison.

Il passa la nuit à vomir, et après cela, le frère et la sœur mirent des semaines à se reparler. Quand Karen demanda à sa mère pourquoi elle avait fait cela, elle lui répondit : « Le perroquet était déjà mort, qu'est-ce que tu voulais que je fasse, le jeter à la poubelle ? On n'était pas riches. » Si elle ne se souvenait pas de la scène, elle se rappelait sa question et la réponse de sa mère. Malgré son jeune âge, Karen avait compris que ç'avait été un geste cruel et que la blessure infligée à son oncle était irréversible. Par la suite, il ressassait cette histoire presque tous les jours ; puis elle fut remplacée par les récits de matchs de foot, comme si son esprit ne voulait plus vivre dans cette maison, avec ces femmes. La réponse de sa mère resta aussi gravée dans la mémoire de Karen, car c'était la première fois qu'on lui disait qu'ils n'étaient pas riches. Avant, elle ne s'était jamais posé la question, sans que cela rende cette découverte moins triste.

Yolanda Valdés n'avait d'autre choix que de torcher son frère, lui donner sa bouillie et le laver comme un bébé, car personne n'avait les moyens de le placer en maison de retraite, ni de payer une infirmière ou une employée de maison. En fait, elle était devenue une employée de maison, et en échange du vivre et du couvert elle subissait l'humiliation d'avoir à s'occuper de son frère comme une esclave. Le vieux, malgré sa démence, lui rappelait régulièrement que la maison lui appartenait et que c'était lui qui payait tous les frais.

Karen savait — sa mère le lui avait dit — que la plus grande malchance de cette dernière avait été de donner naissance à une fille. « Parce que les mecs font ce qui leur chante et les nanas font ce qu'on leur dit. » Elle se souvient qu'elle avait treize ans lorsqu'elle l'avait entendue dire ça. Depuis lors, à chaque femme qu'elle croisait, Karen se demandait toujours si elle faisait ce qu'elle voulait ou ce qu'on lui disait de faire. Elle se demandait également si sa mère avait dû s'occuper de son oncle ou si elle avait elle-même choisi de porter cette croix. Elle se demandait ce que ferait sa mère si elle n'avait pas autant de bonnes raisons de se plaindre. Yolanda représentait une certaine incarnation du malheur, ou plutôt, c'était le malheur incarné.

Depuis la naissance d'Emiliano, Karen sentait que sa mère aimait davantage son fils qu'elle ne l'aimait elle. Peut-être parce qu'elle entrevoyait en lui la possibilité d'inverser le cours de l'histoire, de changer les choses. Sa mère, comme sa grand-mère, était frustrée de ne pas avoir eu de garçon capable de défendre l'honneur des Valdés. Mais ce n'était pas tout : sa mère avait été déçue. D'abord parce que Karen n'avait rien voulu faire de sa beauté, puis parce qu'elle s'était laissé engrosser par « un Noir mort de faim », comme elle décrivait Nixon. Yolanda Valdés fut grand-mère à trente-six ans, un âge où elle se sentait davantage prête à devenir mère que lorsqu'elle avait eu Karen, à seize ans. Aussi ne se sentit-elle jamais grand-mère — ou du moins, ne le voulut-elle pas.

Le bus passa devant le centre Profamilia. Quelqu'un lui avait dit qu'on pouvait y avorter, que c'était une bonne clinique, avec des médecins qui travaillaient dans les meilleures conditions d'hygiène. « Mais ce n'est donc pas illégal ? » se demanda Karen. « Bien sûr que si, c'est illégal, se répondit-elle, mais là-bas ils le font quand même, pourvu qu'on y mette le prix. » Était-elle en train de devenir folle ? Comme l'oncle Juan ? C'était peut-être à cause des conversations qu'elle ne cessait de surprendre dans le bus, à la station, dans la rue, à la Maison de la Beauté. Elle avait dû entendre une fille en parler, un autre jour sans doute, en passant justement devant le centre Profamilia, allez savoir. Ce quartier-là aussi était joli. Les maisons après l'angle de l'avenue Caracas et de la 39e étaient les plus belles de toute la ville. Certaines avaient un style anglais : avec de la mousse sur les façades et de petites fenêtres carrées annonçant un bon feu de cheminée, un chocolat mijotant à feu doux, et même des marshmallows fondus. Évidemment, la plupart de ces maisons n'étaient plus occupées par des familles aisées. C'étaient maintenant des fondations, des entreprises. Les gens n'y habitaient plus à cause de l'insécurité. Dans cette ville, Il n'y a pas d'espace où rester entre la rue et à l'intérieur de chez soi. Il faut mettre des obstacles, des limites, des barrières de protection. Un gardien, voire plusieurs, une grille, si possible électrifiée, un chien féroce, enfin bref, il faudrait être idiot pour s'exposer ainsi, comme de la chair à canon. Non, plus personne ne faisait de feu de cheminée dans ces maisons aux petites fenêtres carrées avec de la mousse sur les murs, c'était fini. Et s'il y avait eu un Profamilia à Carthagène et une amie pour l'en informer ? Et si elle ne s'était pas entichée comme ça de Nixon ? Et si elle n'avait pas craint Dieu comme on le lui avait inculqué ? Et si elle s'était confiée à quelqu'un ? Et après tout, prendre la pilule, c'est presque pareil que d'avorter, non ? Dans les deux cas, on évite de créer une vie avant qu'elle en devienne une. Pourquoi la donner si personne n'en veut ? Elle eut honte d'avoir pensé une telle chose. « La vie, personne ne la donne ni ne l'ôte, il n'y a que Dieu qui puisse faire ça », pensa-t-elle, se répétant cette phrase toute faite entendue des centaines de fois ; à ce moment-là, le gros barbu descendit et laissa sa place à une jeune femme d'environ seize ans, enceinte d'au moins sept mois. La passagère fit mine de s'asseoir puis resta soudain les fesses en l'air, à quelque vingt centimètres au-dessus de l'assise. Karen avait remarqué cette habitude très répandue à Bogotá : quiconque ne laissant pas au siège le temps de refroidir de la chaleur du corps qui venait de se lever passait pour un mal élevé. En apesanteur entre sept et dix secondes, la jeune femme attendit que la chaleur des fesses du barbu disparaisse. Susana lui avait expliqué que les gens faisaient cela pour ne pas attraper les humeurs des autres.

La jeune femme finit par s'asseoir. Karen lui jeta un coup d'œil en coin, n'osant pas la regarder en face. Sans raison apparente, elle pensa à moi. Elle se dit que j'étais différente de la plupart de ses clientes. J'avais l'air d'une femme libre, en paix avec la vie. Elle voudrait être comme ça à mon âge, me dirait-elle quelques jours plus tard. Si elle avait été riche, elle aurait aimé être une femme riche comme moi, pas comme *doña* Rosario Trujillo. Alors, ça n'aurait pas été grave de naître fille, « parce que pour les riches, qu'ils soient homme ou femme, tout va bien. Bon, peut-être pas exactement aussi bien, mais presque», m'avait-elle dit.

La très jeune femme se rongeait les ongles, déjà si grignotés qu'elle n'en avait presque plus. Ses cheveux étaient gras et la peur se lisait sur son visage. Karen eut envie de lui parler, rien que pour la distraire de ce qui semblait tant la préoccuper.

— Tu en es à combien de mois?

— Sept.

— C'est pour octobre?

— Oui, madame. Pour début octobre.

— Et le papa, il doit être content?

— Oui, madame, il l'était.

— Il ne l'est plus?

— Non, il est mort.

Alors les yeux de la jeune femme se remplirent de larmes. Karen ne disait rien mais la regardait maintenant en face, comme si elle cherchait à l'hypnotiser ou à lui transmettre quelque chose dont elle ignorait l'équivalent en mots. La petite porta à nouveau ses doigts à sa bouche, alors Karen, délicatement mais fermement, attrapa sa main et la mit sur sa jambe. Puis elle posa tranquillement sa main sur la sienne. Et elles restèrent ainsi jusqu'à l'arrêt de la 22e, pas loin du début de la rue du Péché, avec ses prostituées sortant des motels tapissés de carrelage, comme de gigantesques W.-C. saturés d'odeur de javel mélangée au sperme et aux urines alcoolisées, près de La Piscina, avec son enseigne en néon, où les femmes se dénudaient, dansaient et frottaient leur cul contre la queue d'un jeune cadre qui fêtait son enterrement de vie de garçon, tout en se caressant mutuellement les tétons en échange de quelques billets, sous une lumière blanche et tremblotante.

Le bus laissait derrière lui les rues des mariachis où Karen n'était jamais allée, d'ailleurs elle n'avait jamais mis les pieds dans un seul bar ni une seule discothèque de cette ville.

Il y avait de plus en plus de vitres brisées aux fenêtres, d'indiens jivaros, de zonards, de travestis, de prostituées, vieilles, grosses, adolescentes, malades. À La Piscina, en revanche, il n'y avait que des gens friqués. Karen avait entendu dire que la bouteille de whisky coûtait un demi-million de pesos. Les filles y étaient sûrement bien traitées, on ne devait laisser personne les frapper ou leur refiler des maladies dégoûtantes. Ses paupières se fermaient toutes seules. Quand le bus s'arrêta, elle releva la tête pour voir où ils étaient. La gamine enceinte était descendue, un vieil homme occupait sa place. Le ventre de Karen gargouilla, elle essaya de se rappeler ce qu'elle avait mangé à midi. Elle se demanda si elle avait de quoi dîner chez elle. Il fallait qu'elle fasse des courses. Dimanche, peut-être. Il était trop tard pour ce soir, et elle n'avait qu'une envie, se glisser sous sa couverture. Elle avait mal aux mollets, aux bras, aux tendons des mains. Plus que neuf arrêts. Quand l'homme descendit, une femme de son âge monta. Elle était ravissante, elle parlait au téléphone d'une voix anxieuse. « Mais, maman, c'est ma fille », disait-elle. « C'est ma fille », « c'est ma fille », comme si elle répétait un mantra. Karen ferma les yeux. Le bus sentait le sale. Un mélange de sueur, de cheveux, de patchouli, de nourriture en sachet et de cigarette. Karen aurait voulu ne pas entendre sa voisine. Elle eut peur. Alors elle referma les yeux, essayant d'en profiter pour faire ses comptes. Elle tâcha de se concentrer. Elle avait commencé à envoyer près de 3 000 pesos mensuels à sa mère, ce qui était peu. Mais elle devait faire des calculs plus précis ; comment était-il possible que des familles entières vivent sur un seul salaire minimum et qu'elle, gagnant un tiers de plus, n'arrive pas à joindre les deux bouts ? Maryuri le lui avait dit dès qu'elle avait débarqué à Bogotá : « Tu es une mauvaise pauvre, tu ne sais pas économiser. » C'était sans doute vrai. Karen sentait que, non contente d'être une mauvaise pauvre, elle était peut-être mauvaise pour cette vie-là. Sa mère se moquait d'elle, lui disait qu'elle se donnait des airs. Ce n'était pas ça. Elle avait une mélancolie rivée au corps depuis toute petite, qui ne voulait jamais la laisser tranquille. Peut-être l'avait-elle héritée de son père. Elle pensait qu'elle devait ressembler à son père, parce qu'à sa mère, pas du tout. Elle avait hérité d'elle son corps nerveux, son long cou, ses lèvres pulpeuses et ses grands yeux, mais pas sa gaieté, ni son côté commère et bavard, ni son amour pour la danse, l'eau-de-vie et le rhum. Sa mère lui disait toujours qu'elle n'avait pas attendu que l'eau ait bouilli pour la faire. Comme lorsque le riz ou les spaghettis restent un peu durs, «peut-être parce que tu es sortie de la casserole avant la fin de la cuisson», disait m'dame Yolanda, «c'est peut-être pour ça que t'es sortie toute sèche, avec une âme de montagnarde».

Elle rouvrit les yeux. Le bus n'était pas encore à l'arrêt Fucha que la tête du vieux assis à côté d'elle tanguait déjà, comme un petit chien de taxi. Puis il arrêta de dodeliner de la tête et la posa confortablement sur l'épaule de Karen. «Mais pour qui il se prend, ce sans-gêne?» pensa-t-elle, offusquée. Elle éternua, et ils ne tardèrent pas à s'arrêter à El Restrepo, où il y avait toujours du bruit et du mouvement. Pour l'une de ces deux raisons, le type se réveilla, prit une expression idiote, se frotta les yeux et, sans pour autant lui présenter ses excuses, redressa la tête et la maintint fermement en position jusqu'à l'arrêt Olaya. Elle revint à ses comptes. Il fallait qu'elle vérifie combien elle avait sous son matelas. L'argent était mieux là qu'à la banque. Une collègue pourrait sans doute lui en dire plus sur le fonctionnement des écoles à la capitale et l'aider à trouver quelqu'un pour garder son fils. Les écoles publiques ne valaient rien. Deisy y avait inscrit sa fille, qui, à neuf ans, ne savait toujours ni lire ni écrire. «La pauvre», pensa Karen. Mais se payer une école privée, c'était une autre histoire. Elle n'y arriverait jamais.

Peut-être qu'elle pourrait prendre Emiliano à Noël. On lui avait parlé des illuminations du parc Nacional. Il y avait des petits bus qui emmenaient voir les lumières. Il faudrait trouver un ventilateur pour Emiliano, dans l'idéal un plafonnier, comme le blanc qu'il y avait à la maison et dont elle avait tout le temps peur qu'il leur tombe dessus et les écrase dans leur sommeil. Karen se souvint de ses premières nuits à Bogotá. Le froid lui broyait les os, mais elle n'arrivait pas à s'endormir ; elle avait besoin du ventilateur, de son bruit ronronnant, de l'air.

Le trajet commençait à lui sembler interminable. Elle voulait arriver, sortir son argent, faire ses comptes et que le lendemain arrive vite pour commencer à additionner et à soustraire ; elle voulait que ce soit Noël, elle voulait faire venir Emiliano, elle voulait sentir la chaleur de ses mains, l'embrasser, dormir avec son bébé comme au bon vieux temps, le réveiller avec une *arepa* à l'œuf encore chaude, accompagnée d'une saucisse de veau pour le petit déjeuner, un verre de crème de lait typique de la côte et un gâteau de maïs, elle voulait voir son visage quand ils monteraient dans un bus tout neuf du Transmilenio pour aller voir la ville depuis la colline de Montserrate. On lui avait dit que c'était beau.

Elle regarda sa montre, il était presque 21 heures. Est-ce qu'elle se serait trompée ? Au lieu du bus rapide, elle avait pris ce vieux chariot qui s'arrêtait partout. Voilà pourquoi il n'y avait personne dedans. « Une *arepa* à l'œuf », songea-t-elle, plus avec l'estomac qu'avec la tête. Karen ne comprenait pas ce que les Bogotanais trouvaient à la sacro-sainte *almojábana* au fromage : du pain sec et fade qui rendait la langue pâteuse. « Je voudrais du pain moelleux et sucré comme les *cachacos* », pensa-t-elle. Son estomac lui répondit avec un gargouillement si sonore que le jeune homme assis à côté d'elle haussa les sourcils.

— Vous voulez du *roscón* à la goyave ?

— Quoi ? demanda Karen.

— Il me reste une moitié de *roscón* dans un sachet, si vous voulez.

— Merci, répondit-elle, gênée.

Le jeune homme avait l'accent de Cali. Il sortit un sac en papier, l'ouvrit délicatement et le lui tendit. « Mieux vaut un *roscón* qu'une *almojábana* », se dit Karen.

— Oui, cette semaine j'ai pu acheter la ceinture pour le pantalon. Pas encore, mais un collègue m'a prêté deux cravates. Oui, madame. Oui, bien sûr. Ne vous inquiétez pas, c'est prévu. Avec ma prochaine paye, je m'en achète une et je rends celles que j'ai empruntées, disait-il au téléphone.

Karen était tellement plongée dans la conversation qu'elle faillit louper son arrêt. Comme il ne restait pas grand-chose du *roscón*, elle l'avait englouti en deux bouchées. Elle se demanda si Emiliano en avait déjà mangé. « S'il apprenait petit à manger de l'*almojábana*, peut-être qu'il y prendrait goût. Ce serait amusant de devoir lui en acheter pour le petit déjeuner », pensa-t-elle, puis elle sourit intérieurement. Le petit était élevé à la friture, à l'eau de coco et à cette boisson à base de maïs et de lait qu'on appelle *peto*. Ah, comme elle aurait aimé boire un bon petit *peto* rafraîchissant à la tombée du jour ! C'était le dessert idéal à savourer dans un rocking-chair. Dans la cour, bien frais, dans un verre en plastique. Et les gâteaux au tamarin dont sa mère avait le secret !

Chez eux, il n'y avait que de la vaisselle en plastique et on n'achetait jamais de serviettes en papier. « Pour quoi faire ? » disait *doña* Yolanda. Dans l'évier, il y avait du savon El Rey pour faire partir le gras de friture après chaque repas. Karen songea que la peau de ses mains était sûrement sèche à cause de ça. Ici, à la place du marchand de *peto* ambulant, c'était le son des haut-parleurs de la moto avec la marmite de *tamales* qui la réveillait. « *Tamales*, il y a des *tamales* ! À 1 000 et 2 000 pesos, entrez, entrez ! Chauds devant, les *tamales* ! » et Karen se réveillait énervée parce que même si c'était un dimanche à 7 heures, ça criait déjà dans le mégaphone, le seul jour où l'on pouvait faire la grasse matinée. « Entrez ? se demandait Karen dans un demi-sommeil. Où est-ce que les gens peuvent entrer si c'est une moto qui livre ? » Et elle enfonçait sa tête dans l'oreiller. Le bus freinait déjà lorsque Karen lut le panneau Santa Lucía. Elle descendit précipitamment en souriant à l'homme qui annonçait les stations, mais celui-ci ne s'en aperçut pas.

L'un des avantages de vivre là, c'était que son appartement ne se trouvait qu'à trois rues de la station de bus. Hormis une ou deux ampoules brisées et grillées, la rue était éclairée, avec des câbles électriques à l'air libre comme des entrailles décharnées d'animaux morts. Elle traversa la première rue tranquillement, sans rien remarquer d'anormal, mais à la deuxième, elle entendit des patrouilles de police, puis, en tournant au coin de la 19e, à côté de l'hôtel Brisas del Sur, elle tomba sur une foule agitée. Une quinzaine de taxis bloquaient la voie, l'un d'eux était encerclé par un cordon de sécurité. De l'autre côté de la rue, on mettait un corps inerte dans une ambulance. Quelques curieux observaient la scène d'en haut. Les chauffeurs de taxi criaient : « Tuez-le ! Tuez-le ! » et ils jetaient des cailloux à la fenêtre d'un appartement pendant que la police tentait de les contenir. Karen trouvait étrange qu'à Bogotá les gens ne se réunissent dans la rue que lorsqu'il y avait un mort, un cambriolage ou un accident. Le reste du temps, tout le monde restait enfermé chez soi. Sur la côte, au contraire, les gens sortaient leurs chaises en plastique et leurs radios sur le trottoir, ils passaient des *vallenatos*, trinquaient à la santé du voisin avec une Costeñita ou une Águila bien fraîche, et ils passaient l'après-midi à écouter de la musique caribéenne.

— Qu'est-ce qui se passe ? demanda-t-elle à un vieux monsieur en pyjama.

— On a tiré sur un chauffeur de taxi pour lui prendre son argent. Ils veulent lyncher le voleur, qui s'est planqué dans cet appartement.

Quand elle traversa en direction de la 20e, elle vit s'approcher un camion de police antiémeute. Trois minutes plus tard, elle essayait d'ouvrir la porte de son immeuble, le cœur battant et la main tremblante. Le bruit des gaz lacrymogènes résonnait dans ses oreilles. Elle leva les yeux, il lui sembla voir une lumière dans son appartement. Elle baissa le regard pour pousser la porte, un chat noir frôla ses jambes. Elle regarda fixement l'animal, quand une main sur son épaule la fit sursauter. C'était un pervers, avec un pantalon trop large qui laissait voir son caleçon et des cheveux dressés sur la tête.

— Salut voisine, comment ça va ce soir, à part que vous êtes belle comme un cœur ? dit-il en arborant un sourire édenté qui sentait la marijuana.

Karen le regarda une seconde, lui lança un sourire mesquin et retourna à sa serrure.

— Mais pourquoi t'es si pressée, princesse ? insista le jeune homme en appuyant sur le dernier mot.

À cet instant, Karen remarqua qu'il regardait à l'étage ; la lumière de son appartement s'allumait et s'éteignait par intermittence.

— Qu'est-ce qu'il se passe là-haut ? dit-elle.

Sa voix tremblait, elle sentit la peur l'envahir. Le type sortit un couteau et le lui mit sous la gorge.

— Rien qu'on puisse aller raconter à qui que ce soit. Restez tranquille, ma p'tite dame, et tout le monde sera content.

Karen en resta pétrifiée, la gorge nouée et les yeux baignés de larmes. Quelqu'un était entré chez elle et venait d'en sortir. Elle remarqua alors le sac que le jeune type portait à l'épaule et elle se demanda si ses affaires étaient dedans. S'armant de courage, elle entra dans l'immeuble tandis que l'homme disparaissait dans l'obscurité. On n'entendait aucun bruit au rez-de-chaussée, les lumières étaient éteintes. Les propriétaires, qui louaient les trois autres appartements, habitaient derrière une double grille fermée par trois cadenas. Dans la cour, leur chien Muñeco montait la garde. Au rez-de-chaussée, vivait une femme avec sa fille d'une dizaine d'années. Au premier, où Karen habitait, il y avait un autre appartement avec une famille composée d'un policier, de sa femme et de leur nourrisson. Karen monta l'escalier quatre à quatre et trouva sa serrure défoncée, sa porte ouverte, ses vêtements éparpillés au sol, son miroir cassé en deux, la photo d'Emiliano abandonnée par terre et sa Vierge Marie décapitée. La télévision et la radio n'étaient plus là, tout comme la petite chaîne en or offerte par l'oncle Juan pour son bac et sa médaille du Divin Enfant. Mais cela, elle ne le remarqua même pas, car elle ne pensait qu'à son lit, sur lequel elle se jeta aussitôt. À première vue, tout semblait en ordre. Le matelas était à sa place, le lit était fait. Sans le miroir, la Vierge et les vêtements par terre, on aurait pu croire que rien ne s'était passé. Sa tasse se trouvait dans l'évier à moitié plein, tel qu'elle l'avait laissé avant de partir le matin. Les miettes de pain toujours sur la table de la cuisine. La serviette de toilette posée sur la tête de lit. Malgré tout, en soulevant le matelas, elle découvrit que son seul bien vraiment précieux s'était envolé, la seule chose importante pour elle, qui aurait pu changer sa vie et celle de son fils, l'unique raison de sa présence dans cette ville.

L'enveloppe en kraft de la taille d'une lettre où elle gardait ses économies des huit derniers mois avait disparu. Karen la chercha partout, comme si l'enveloppe avait pu se déplacer toute seule. Elle fouilla dans les tiroirs de la salle de bains, les casseroles, sa table de nuit, son placard et même dans la poubelle. Elle chercha une deuxième fois aux mêmes endroits, comme si son cerveau lui ordonnait de répéter ces gestes en boucle autant de fois que nécessaire pour refuser de se rendre à l'évidence : son argent avait définitivement disparu.

8

En entendant son téléphone sonner, Ramelli tendit la jambe et le peu de whisky qui restait au fond de la bouteille se renversa sur le parquet. « Rapplique, mon pote, y a urgence avec macchabée inclus », lui dit Diazgranados. Il raccrocha, buta contre la bouteille et perdit l'équilibre en essayant d'enfiler sa chaussure, encore à moitié ivre. C'est alors que Lucía fit irruption dans le salon pour lui demander où il allait à une heure pareille.

— Un ami est dans le pétrin, il a besoin de moi, je te raconterai.

Peu après, Lucía ramasserait ses mégots, ferait le ménage dans l'appartement et prendrait la décision — avec trace écrite sur le calendrier de sa cuisine — de ne plus jamais laisser fumer personne chez elle. C'était le matin du 23 juillet.

Ils se retrouvèrent au supermarché de nuit de la 63e. Diazgranados portait un sweat-shirt bleu ciel et des lunettes de soleil. Il était 5 heures du matin. Ils discutèrent environ sept minutes. Ce fut

Ramelli qui eut l'idée d'acheter le Tryptanol. Il savait qu'une surdose pouvait provoquer un arrêt respiratoire. Le but était d'éviter que la médecine légale s'en mêle. S'ils réussissaient à obtenir un certificat de décès crédible, il n'y aurait pas d'autopsie. Ils achetèrent le médicament. Ramelli était chargé de rhabiller convenablement Sabrina, de la nettoyer et de trouver un taxi de confiance qui l'emmènerait à l'hôpital San Blas. Une fois là-bas, le docteur Venegas, qui leur devait plus d'une faveur, s'occuperait de son admission et du certificat de décès : *Patiente victime d'un arrêt cardio-respiratoire causé par overdose de tricycliques*, écrirait-il deux heures plus tard. La preuve : une boîte de Tryptanol vide dans la poche de la veste de Sabrina Guzmán et le témoignage du chauffeur de taxi qui confirmerait la thèse médicale pour boucler le stratagème.

— Le certificat de Venegas va nous coûter 2 millions, dit Aníbal à Ramelli en poussant son caddie, qui contenait de la papaye, des ananas, du lait d'amande et une boîte de céréales.

— On essaie de se débarrasser d'un macchabée et toi tu fais tes courses ? lui reprocha Ramelli.

— Regarde un peu ce que j'achète et fais pas chier. Sois attentif. Tu vois du saucisson, du chorizo, un gigot, du beurre, des fèves, du vin ou du xérès ?

Ramelli se pencha sur le caddie puis se tourna vers son ami.

— Je brouille les pistes. Si quelqu'un vient cuisiner le caissier et qu'il balance ce que j'ai acheté, personne ne se doutera que c'était moi, ajouta Diazgranados avant d'éclater de rire.

— Quel con, lança Ramelli, de mauvaise humeur.

— Souris, mon frère, souris et détends-toi, parce que maintenant, tu vas devoir aller nettoyer et rhabiller un macchabée, ajouta Aníbal en lui donnant une petite tape dans le dos.

— Tu ressembles au parrain, lui répondit Ramelli. Non, en fait, avec ce sweat ridicule, tu ressembles plutôt à Pablo Escobar.

— Il nous coûtera combien ton chauffeur de taxi ? demanda Diazgranados, en poursuivant ses achats, sans relever l'insulte.

— 10 millions, répondit Ramelli.

— Quel fils de pute ! lâcha Diazgranados. C'est ce qu'ils gagnent en huit ou neuf mois.

— Tu as une meilleure idée ?

— Non, avoua-t-il. Il va falloir qu'on garde un œil sur ce nimbus. Qu'il n'aille pas nous foutre la merde. Et tu le sors d'où ?

— Du calme, c'est un type réglo, dit Ramelli.

Ils se séparèrent devant le rayon viande. Malgré sa grande théorie sur les courses, Diazgranados ne put s'empêcher de prendre une barquette de côtelettes en promotion. Chacun alla payer à une caisse différente. Ramelli ne se demanda pas une seconde pourquoi un type qui fréquentait les paramilitaires, avec plusieurs morts sur la conscience et les meilleurs tueurs à gages à son service, l'embarquait dans cette affaire. Lui qui n'avait jamais commis de crime, et dont le délit le plus grave avait consisté à blanchir de l'argent en créant une mutuelle privée, une EPS (Entité protectrice de santé), pour détourner des fonds publics, tout cela sous l'influence de son nouveau meilleur ami.

Diazgranados marchait avec anxiété. La croissance de sa paranoïa était proportionnelle à celle de son appétit. S'il était déjà obèse, les gens qui le connaissaient l'avaient vu gonfler au cours des derniers mois. Au petit déjeuner, il prenait quatre œufs, un demi-kilo de fromage, une carafe de jus de fruits et trois tasses de café. À 11 heures, il envoyait son garde du corps lui chercher une *arepa* au fromage, un *pastel gloria* à la goyave, une *empanada* au poulet, un *pastel* à la viande et des *carimañolas* de manioc. Quand Ramelli se confia à Karen, il lui avoua que ce qui l'impressionnait le plus chez Aníbal, c'était sa façon de manger.

— Ça me fait peur, dit-il.

— Et ça ne te fait pas peur qu'il soit un assassin, un criminel ? lui demanda Karen.

— Non. Ce qui me fait peur et ce qui me dégoûte, c'est de le voir s'empiffrer comme ça.

9

Karen alla aux toilettes, se moucha, se passa de l'eau froide sur le visage et téléphona à sa collègue Maryuri, chez qui elle avait travaillé en arrivant à Bogotá, pour lui demander de l'héberger. La femme accepta, non sans l'avoir prévenue qu'il n'y avait pas beaucoup de place. Wílmer travaillait de nuit et rentrait presque toujours vers 5 heures du matin. Karen promit à son amie qu'elle ne resterait pas plus de trois ou quatre jours, puis sa voix s'étrangla dans un sanglot. Elle fourra maladroitement ses vêtements dans une valise et descendit l'escalier. Bien qu'elle s'efforçât de faire le moins de bruit possible, son logeur l'intercepta ; il lui plaqua la main contre la bouche en la ramenant de force dans son appartement. Karen voulut crier à l'aide mais la main poilue étouffait ses hurlements. C'était sans doute lui qui l'avait cambriolée, et pour couronner le tout, il allait garder la caution de 400 000 pesos qu'il avait exigée à son arrivée. Et maintenant, il était en train de lui tripoter les seins par-dessus son chemisier en la mordant dans le cou. Karen se sentait stupide de ne pas avoir remarqué qu'il se passait quelque chose d'anormal, quand elle avait vu ce matin-là son propriétaire discuter au coin de la rue avec le jeune gars qui venait de la bloquer devant l'immeuble.

L'homme la poussa sur le lit et lui assena deux gifles si violentes qu'elle en eut les joues écarlates et une petite écorchure, provoquée par la bague en or incrustée de pierres qu'il portait à la main droite. Il avait ôté la main de sa bouche pour la frapper, Karen cria au moment où son propriétaire enfonça rageusement sa verge gonflée en elle, excité par ses hurlements.

Tout était arrivé si vite… Karen ne criait plus, elle ne cillait plus, ne respirait plus, elle ne comprenait ni ce qui se passait ni si la scène était réelle, jusqu'à ce que la douleur devienne insupportable et qu'elle ne puisse plus demeurer à distance. Une sensation d'étouffement envahit sa gorge, l'empêchant de crier ou ne serait-ce que d'y songer. Les yeux de l'homme s'étaient plantés dans son ventre comme un coup de poignard.

Son propriétaire lui avait toujours paru vulgaire. En plus d'être lourd et d'avoir les ongles sales, il sentait le fromage rance. Karen croyait en sa capacité à percevoir quand un homme la désirait. Mais cette fois-ci, elle s'était trompée. Jusqu'alors, son propriétaire s'était montré à peine aimable, voire indifférent à elle. Peut-être qu'il ne la désirait pas et cherchait seulement à la détruire. Ou peut-être qu'il voulait juste l'emmerder assez pour qu'elle n'aille pas porter plainte. Le viol pensé comme une mesure bureaucratique.

Une présence dans la chambre la fit se retourner. Au-dessus de la tête du propriétaire, Karen aperçut *doña* Clara dans l'encadrement de la porte. Lui aussi avait dû remarquer quelque chose, car il se retourna et vit sa femme observer la scène avec une moue étrange.

— Ah là là, ma pauvre fille, quelle misère. Bon, lâche-la maintenant.

— Putain, Clara, tu fais chier, juste quand j'allais me finir ! s'exclama-t-il de mauvaise humeur, en sortant son pénis redevenu à moitié mou et en se rhabillant à la va-vite. Sois mignonne et casse-toi. T'entends ? dit-il ensuite à Karen comme si tout était de sa faute.

— Ma fille, si vous n'êtes pas en bas dans dix minutes, je remonte vous chercher, ajouta son épouse.

Elle s'approcha de Karen, qui sanglotait en position fœtale, tout en essayant de se couvrir.

— Filez sous la douche nettoyer votre honte ! Vous êtes sale, lui ordonna-t-elle.

Karen obéit. Un profond abattement l'avait envahie. Le simple fait de tenir le savon dans sa main lui semblait une tâche insurmontable. Dans n'importe quelle autre situation, elle aurait haï cette complicité entre la vieille et son mari violeur, mais à cet instant, elle ne pouvait qu'éprouver de la reconnaissance pour cette personne qui lui disait quoi faire.

— Je vais vous appeler un taxi. Que vous n'en preniez pas un dans la rue qui vous dépouille… Quand on a la poisse, on a la poisse.

Karen avait cessé de sangloter mais elle n'arrivait pas à parler. Ses mains tremblaient, elle avait des frissons dans le dos.

La scène lui reviendrait en mémoire pendant des années. *Appartement à louer pour femme seule*, l'annonce était en fait une invitation à se faire cambrioler, violer et mettre à la porte sans rien pouvoir emporter. Karen avait dû laisser sa lampe de chevet. Le lit et la table ne lui appartenaient pas, mais la petite lampe lui avait coûté 30 000 pesos et elle l'aimait bien. Plusieurs jours passeraient avant qu'elle ne sente la rage s'emparer de son corps. Pour l'instant, il n'y avait que douleur, peur, fragilité. Cette journée avait duré une vie entière : des funérailles de Sabrina Guzmán au viol, à peine dix heures s'étaient écoulées.

Elle ne me raconterait les faits que longtemps après, quand elle aurait cessé d'être la Karen que j'avais rencontrée un après-midi d'avril à la Maison de la Beauté. L'épouse du propriétaire donna au taxi l'adresse notée par Karen sur un bout de papier.

— *Doña* Clara, pourquoi ? fut tout ce que la jeune femme réussit à dire.

— Mais qu'est-ce que vous avez à vivre toute seule comme une malheureuse ? Il ne faut vous en prendre qu'à vous-même, lui répondit-elle en claquant la portière du taxi, et avant de tourner définitivement les talons, elle ajouta : Mieux vaudrait qu'on n'entende plus parler de vous, pour le bien de tout le monde.

— San Mateo, Soacha, s'il vous plaît, demanda Karen au chauffeur.

— Oui, mon petit. La dame m'a déjà donné l'adresse. Heureusement qu'il n'est pas encore 23 heures, sinon on ne serait pas arrivés cette année.

Elle posa sa tête contre la vitre et se laissa bercer par le va-et-vient de la voiture. À la radio, Chico Trujillo chantait, et chaque couplet empirait ses haut-le-cœur.

Tes baisers sont
toute ma vie,
Tes baisers sont
mon monde entier,
Tes baisers sont
(tes baisers sont)
comme des bonbons
(des bonbons !)
Ils me font monter au ciel
(au ciel)
Ils me font parler à Dieu[1]

— Monsieur, arrêtez-vous une seconde.

— Tout de suite, répondit le chauffeur en se garant sur le bas-côté.

1. *Tus besos son* (Tes baisers sont), chanson du groupe chilien Chico Trujillo. *(N.d.T.)*

Karen ouvrit la portière et se mit à vomir sur le trottoir. Le chauffeur de taxi lui tendit un mouchoir en lui demandant :

— Je roule trop vite, ma petite dame ?

— Non, ce n'est pas ça, répondit Karen, puis elle ferma les yeux. Allons-y, s'il vous plaît.

10

Il arrivait que Karen surgisse furieusement dans mes rêves. Le trouble que sa présence provoquait chez moi, je l'attribuais à sa jeunesse. À sa beauté. Je n'ai pas voulu croire à autre chose — ou je n'aurais pu en supporter l'idée. Comme du désir ou de l'appétit charnel, par exemple. Ce doit être parce que je n'ai sûrement jamais rien ressenti de tel, et si ç'avait été le cas, j'aurais été incapable de m'en apercevoir, entraînée depuis toujours à aimer les hommes. Aujourd'hui, je me demande encore si Karen — cette sorte de Noire aux cheveux lisses et au nez de Blanche, cette fille étonnante, naturelle au point de sembler presque agressive dans un monde où les fleurs ne poussent plus dans la terre — était la vraie raison de mon trouble et de ce qu'on pourrait appeler mon désir. J'ignore si c'est à cause de la vieillesse. On ne fait toujours que vieillir, après tout ; et ce dès le jour où nous venons au monde, même s'il nous faut un certain temps pour en prendre conscience.

En entrant à la Maison de la Beauté, je me suis

aperçue que mes cheveux sentaient la pollution et j'ai décidé de me faire un henné.

— Couleur bordeaux, ai-je dit à Nubia.

Je m'habituais peu à peu aux souvenirs qui me revenaient en cascade, limpides, voraces, indifférent à mon histoire récente, d'une implacable nostalgie. Ma mère qui me maquillait devant le miroir sur les îles du Rosaire, un amant qui m'embrassait sur la plage sous la pleine lune, moi assise sur les genoux de mon père dont le menton rasé de près sentait la lotion Jean Marie Farina, la naissance d'Aline, son premier jour d'école, mon corps nu après une journée d'amour infatigable, mon corps qui n'est plus ce qu'il était, ce corps qui était moi et qui ne l'est plus, ce corps qui m'a laissée toute seule, perdue, orpheline de moi-même, bien que je sois en bonne santé, comme dirait Lucía, qui a cette capacité enviable à toujours voir le bon côté des choses. Même si «en bonne santé» ne me semble pas le terme adéquat puisque je me sens sinon malade du moins absente, lasse, abandonnée, remplacée par un autre moi que je ne connais pas et ne veux pas connaître, constamment nostalgique de l'absente. Où es-tu partie? J'essaie de répondre à la question, mais cette vision d'un moi en souffrance qui se laisse submerger par la *saudade* disparaît dès que j'entends l'eau couler; alors je m'abandonne aux mains de Nubia qui me masse la tête.

Les portes de la Maison de la Beauté s'ouvrent à moi, je suis accueillie par ce silence baigné d'un mélange de parfums coûteux, d'eau de rose, d'huiles et de shampooing. Je veux rester ici, me dis-je en inventant une énième excuse pour un massage ou une épilation, alors que mes poils n'ont pas eu le temps de repousser. Pourquoi pas une nouvelle teinture? Oui, voilà, une nouvelle couleur de cheveux pour m'abandonner dans les bras de Nubia, qui me shampouine délicatement, presque avec tendresse, et caresse mon cuir chevelu pendant que je m'invente un souvenir où ma mère m'aurait lavé les cheveux avec un shampooing à la camomille, en chantonnant un air français.

— Vous êtes devenue l'une de nos meilleures clientes, m'annonce Annie.

Sa bouche cerise me semble encore plus voluptueuse, tentatrice. Elle sourit. «Elle porte des faux cils», me dis-je. Et ce que je trouvais vulgaire quelques mois plus tôt me paraît maintenant amusant. Provocant. Je lui rends son sourire. Je ne veux plus quitter cette terre de femmes aux manières raffinées. Je veux rester ici pour toujours.

— Notre passeport fidélité vous intéresse? me demande-t-elle d'une voix douce, en agitant gracieusement les mains.

— Un passeport?

— Nous ne le proposons qu'à nos plus fidèles clientes. Il vous donne droit, entre autres, à tous nos soins pour la peau, le corps, les cheveux, à nos cures de beauté et de rajeunissement, à nos séances de relaxation et d'hydratation. Sachant que vous venez chez nous entre une et trois fois par semaine, la formule vous serait très avantageuse. Pour les femmes telles que vous, la Maison de la Beauté est un second foyer, et c'est ainsi que nous souhaitons que vous vous sentiez : comme chez vous. L'abonnement vous intéresse ?

11

Sa fille était enterrée depuis trois semaines quand elle se réveilla en sueur. Dans son rêve, Sabrina n'arrêtait pas de pleurer, le corps couvert d'ecchymoses.

Après avoir retrouvé une respiration normale, Consuelo Paredes appela son ex-mari. Elle se moquait bien qu'il soit 3 heures du matin. À l'autre bout de la ligne, le téléphone de Jorge Guzmán sonna dans le vide jusqu'à tomber sur messagerie. Depuis la mort de sa fille, le père se fichait de tout. Sa seconde femme, avec qui il avait une petite de cinq ans, s'était montrée compréhensive pendant un mois, mais maintenant elle était furieuse. Depuis la mort de Sabrina, son mari avait négligé son entreprise et il adressait à peine la parole à sa nouvelle famille.

Lorsque le téléphone se remit à sonner, elle se réveilla. Jorge ronflait bruyamment, encore habillé, avec ses chaussures aux pieds. Elle s'était endormie avant qu'il rentre, vers minuit.

— Chéri, ton portable, lui dit-elle en le secouant.

Impatiente, elle lui boucha le nez entre le pouce et l'index. Jorge ouvrit aussitôt les yeux et se redressa dans le lit. Son épouse lui tendit le téléphone.

— Jorge, c'est toi ?

— Qu'est-ce qu'il se passe ? Quelle heure il est ?

À l'autre bout du fil, Consuelo s'était remise à sangloter.

— C'est à propos de Sabrina. Je viens de faire un rêve. Notre petite pleurait, on l'avait tabassée, Jorge, et elle pleurait.

— Un rêve ? Tu ne vois pas qu'elle est morte ? dit Jorge avec une voix d'outre-tombe.

— Promets-moi une chose, une seule, répondit Consuelo entre deux sanglots.

— Quoi ?

— Accompagne-moi demain chez le procureur. Tu penses sérieusement que Sabrina était suicidaire ? Ils n'ont même pas fait d'autopsie, comment veux-tu qu'ils sachent… Où l'a-t-on emmenée ? Où était-elle cette nuit-là ? Je veux savoir la vérité.

— Et Sabrina, qu'est-ce qu'elle disait ? demanda Jorge.

— Où ça ?

— Eh bien, dans ton rêve, Consuelo, où veux-tu que ce soit ?

— Elle disait : « Je ne voulais pas mourir, maman, je ne voulais pas, pardon d'y être allée, pardon… »

— Tu as pu parler à l'esthéticienne finalement ?

— Oui. Elle ne m'a rien dit de plus, mais elle

doit être au courant de quelque chose. Enfin, si, justement, elle m'a demandé pourquoi il n'y avait pas eu d'autopsie.

Après un long silence, Jorge déclara :

— Je passe te chercher demain matin à 8 heures.

12

Certaines choses s'apprennent dans les manuels. Mais quand on a peu d'expérience pratique et rarement — ou jamais — eu affaire à des cas concrets, on risque de se faire mordre sans rien voir venir. Ou plutôt : sans rien vouloir voir venir. Je sais désormais que Karen est devenue quelqu'un d'autre le soir où elle a pris la fuite, avec sa vie entière dans une valise, à bord du taxi qui la conduisait de Santa Lucía à San Mateo.

Deux minutes — parfois moins — peuvent suffire à tout changer. J'aurais dû comprendre cela plus vite. Lors de notre deuxième rendez-vous, après le mariage de la fille du ministre, Karen avait eu l'air absent, comme distraite ; elle m'appliqua deux fois de l'huile, elle ouvrait et refermait la porte de la cabine, décrochait et raccrochait le téléphone. J'en vins même à penser qu'elle le faisait exprès pour me divertir, comme dans un numéro à la Chaplin, mais je remarquai ensuite ses cernes profonds, son regard vitreux, sa maigreur.

— Tu manges bien en ce moment ? lui demandai-je.

— À peu près, me répondit-elle.

Elle arborait désormais un sourire figé, un peu moqueur, un sourire qui ne correspondait pas à l'expression sur son visage, et encore moins à ses pensées.

— Et tu dors bien ?

— Qu'est-ce que ça peut vous faire, *doña* Claire ?

Je ressentis son irritation. Elle portait un maquillage plus voyant que d'habitude. Ses lèvres étaient rouge cerise, comme celles de la réceptionniste. Elle avait beaucoup de crayon sur les paupières, du blush et du mascara.

— Je me sens bizarre, ces derniers temps, me dit-elle.

À cet instant, je vis une coupure sur son bras, comme ces entailles que s'infligent certains patients après un traumatisme.

— Que se passe-t-il, Karen ?

— Rien, oubliez ça… Qu'est-ce qu'une femme de mon âge fait à vivre seule, ce n'est bon qu'à s'attirer des ennuis…

— Mais de quoi parles-tu, enfin ?

— D'un problème que j'ai eu avec mon ancien propriétaire, il m'a forcée… Mais qu'est-ce que j'avais à porter des vêtements aussi moulants… De toute façon, une femme ne devrait pas habiter seule comme une malheureuse, dit-elle comme récitant une leçon.

— J'ignore ce qui s'est passé, Karen, mais tu n'as pas à culpabiliser.

— J'ai la gorge nouée, *doña* Claire. Ça me donne de la tachycardie. Parfois c'est comme si je ne contrôlais plus rien, et parfois c'est comme si on m'empêchait de respirer.

— Je peux te prescrire un anxiolytique. Mais dis-moi juste une chose, il s'est passé quelque chose de grave ?

— Je n'ai pas besoin d'une toubib, protesta Karen.

— Et d'une amie ?

— On n'est pas amies, vous et moi. J'aurais mieux fait de me taire. Je vous prépare votre note.

Je pris sa main, sa peau était toute sèche. Je la retournai pour observer sa paume.

— Vous allez vérifier si je suis propre, comme *doña* Josefina ? dit-elle en s'écartant de moi.

— Ce n'est pas ça. Tu as la peau très sèche.

— Il faut que je me lave tout le temps, la saleté ne veut pas partir.

— Karen, tu vas avoir besoin d'aide.

— Avec tout mon respect, *doña* Claire, la seule chose dont j'aie besoin, c'est de faire venir Emiliano de Carthagène et de vivre ma vie tranquille.

— Ça me paraît très bien, tu as raison, répondis-je.

— Vous dites ça parce que vous ne savez rien.

— Je ne sais rien parce que tu ne me dis rien. Mais j'ai confiance en toi. Je pense que tu es quelqu'un de bien et que tu sauras faire ce qui est juste.

— Vous me parlez comme à une attardée, lança

brutalement Karen. Ce n'est pas parce que vous êtes docteur que je suis stupide.

Je ne comprenais pas son hostilité. C'était comme si quelque chose ou quelqu'un avait possédé la vraie Karen pour en mettre une autre à sa place.

— Plus rien ne sera jamais comme avant, conclut-elle avant de laisser échapper un sanglot étranglé. Si seulement j'arrivais à dormir…

— Je peux te donner un médicament pour t'aider.

Karen ne répondit pas, mais elle me regarda fixement comme si elle attendait mon geste. Je fouillai dans mon sac et lui donnai la boîte de Zolpidem que m'avait laissée une représentante médicale.

— C'est un somnifère, prends un comprimé chaque soir.

Karen le rangea dans la poche de sa blouse, puis elle sortit de la cabine pour préparer ma note.

En bas, à la réception, pendant que je payais, elle s'approcha de moi et me dit :

— Je n'arrête pas de revoir ces images… Le médicament peut les faire partir ?

— Je crois que tu as besoin d'une thérapie.

— Je n'ai ni le temps ni l'argent pour ça.

— Laisse-moi t'aider, insistai-je.

— Je voudrais juste m'enlever ce mauvais film du crâne.

— Et qu'est-ce que tu vois ? Dans ce film, que se passe-t-il ?

Karen ne répondit pas. Son regard vitreux alla de nouveau se perdre dans le lointain.

— Avec l'aide de Dieu, peut-être, finit-elle par répondre.

— Tu sais que tu peux compter sur moi, dis-je enfin, puis je réglai ma note et m'en allai.

Des semaines plus tard, les pièces du puzzle commenceraient à s'assembler. Il est prouvé que les femmes victimes de violences sexuelles sont généralement hypersensibles au moindre stimulus leur rappelant le viol. Leur comportement devient étrange : elles sont sur la défensive, avec des sens atrophiés, émotionnellement anesthésiées, sans entrain et souvent en proie à des pensées suicidaires. Karen était terrifiée à l'idée de rentrer seule chez elle quand il faisait noir ; c'était la raison pour laquelle elle préférait passer la nuit accompagnée, dans la rue ou dans les bras de n'importe qui, pourvu qu'elle n'ait pas à l'affronter seule.

13

Ce n'était pas simplement que Luis Armando empestait l'alcool. Il y avait la pénombre de la chambre, la cocaïne étalée sur la table, le son guttural qu'il émettait toutes les trois secondes comme s'il essayait d'avaler un crapaud, son acharnement à secouer la tête, sa façon insistante de se passer la langue sur les lèvres, le bruit sec de ses morsures, sa manière gauche de se gratter le nez jusqu'à ce qu'il soit tout rouge, jusqu'à se faire saigner en gardant le sourire.

Il l'accueillit avec un baiser trop brusque qui lui écorcha la lèvre. Sabrina faillit dire qu'il lui avait fait mal et qu'elle n'aimait pas ça, mais elle se souvint des mots de sa mère. « Si tu n'as rien de bien à dire, mieux vaut te taire. » Alors elle préféra se taire et le laisser faire : le laisser lui servir un verre de whisky et l'obliger à le boire, le laisser tracer un rail de cocaïne puis lui en étaler sur les gencives en introduisant maladroitement ses doigts dans sa bouche, le laisser arracher son chemisier blanc de lycéenne, fouiller dans son sac à dos et éparpiller ses vêtements dans la chambre d'hôtel.

Sabrina commençait à se dire qu'elle n'aurait pas dû venir, mais il était trop tard pour changer d'avis. Son cerveau était engourdi, son corps répondait à peine. Elle se sentait faible, elle avait peur ; et pourtant, l'habitude qu'elle avait d'obéir, de faire plaisir, de ne contrarier personne l'empêchait de bouger. Ou peut-être était-ce la peur, ou la douleur, ou la tristesse, ou autre chose encore, qui la paralysait comme une statue dressée dans la pénombre. Immobile, exception faite de son cœur sur le point d'éclater. C'était son prince charmant qui se tenait en face d'elle ; elle s'en était convaincue toute seule, elle avait fantasmé la personnalité de Luis Armando en fonction de son propre désir, sur la base d'à peine deux ou trois rendez-vous et de quelques coups de fil. C'était le fils d'un député du Congrès et il lui avait dit qu'il l'aimait, elle n'allait quand même pas s'enfuir en courant comme une gamine juste parce que sa lèvre saignait ou qu'il y avait un peu de coke sur la table. Dans toute sa naïveté, elle avait imaginé de la musique romantique, une bouteille de champagne, des ballons ou des roses, voire les deux, les unes posées sur le lit et les autres en apesanteur dans une chambre qui aurait eu tout sauf une odeur d'ivrogne, pourtant sa mère l'avait prévenue : « le mariage est une croix à porter » et cela n'a rien de facile, radotait-elle, ce n'est pas simple l'amour, qu'est-ce qu'elle croyait ? Que c'était comme dans les Disney ? Avec des roses et des petits cœurs ? Même s'il ne lui caressait plus le visage comme avant, même s'il avait un peu trop bu, elle n'allait quand même pas partir en courant comme la gamine qu'elle avait cessé d'être et ne serait plus jamais.

14

La nécropsie de Sabrina Guzmán Paredes révèle une très forte dose de cocaïne dans le corps, suggérant une mort par overdose. On constate de petites hémorragies (pétéchies) à la surface de la conjonctive de l'œil. On remarque également des hématomes intramusculaires dans le cou et des pétéchies sur le thorax, qui sont, d'après les experts, des signes fréquents de mort par asphyxie ; néanmoins difficilement interprétables à cause de l'état de décomposition avancé du cadavre.

Par ailleurs, le rapport de l'analyse toxicologique précise que le corps de Sabrina Guzmán Paredes contenait de la cocaïne en quantité égale à 2 parties par million, ainsi que de la benzoylecgonine. Ladite analyse stipule en outre qu'il s'agit de doses très élevées, sachant que le corps d'un consommateur régulier en contient habituellement entre 0,1 et 0,5 partie par million, et qu'une teneur en cocaïne supérieure à 1 peut provoquer des convulsions, entre autres complications.

Si le rapport formule que l'arrêt respiratoire dû à l'intoxication à la cocaïne est l'une des causes possibles du décès, il demeure envisageable que celui-ci soit survenu suite à des violences physiques.

Cependant, plus de dix jours ayant passé depuis la mort et s'agissant d'un corps exhumé, il n'est pas possible de déterminer l'origine des contusions ni des pétéchies visibles. Par conséquent, il s'avère impossible de savoir s'il y a eu viol ou relation sexuelle consentie, ni si les contusions résultent d'un cas de violence physique ou d'un accident. Le corps de la victime contient des traces de sperme.

En dernier lieu, le compte rendu de la médecine légale écarte la possibilité que Sabrina Guzmán Paredes ait été une consommatrice régulière de cocaïne. Aucun résidu d'amitriptyline contenu dans le corps ne prouve le rôle du Tryptanol dans le décès.

Au vu de l'état de conservation du cadavre, il n'est pas possible de détecter d'éventuelles excoriations sur l'épiderme.

Le pathologiste conclut que la détermination des causes de la mort demeure à la discrétion des autorités compétentes, dès qu'elles auront éclairci les éléments encore troubles bloquant l'avancée de l'enquête. L'affaire passe aux mains du bureau du procureur, qui la prend en charge le 3 août.

15

L'église San Agustín est l'une des dernières reliques du XVIIe siècle encore debout dans la capitale. Je suis descendue quelques rues avant, à cause de la procession de 4×4, de gardes du corps et de policiers. Je devais être la seule des sept cents invités à être venue en taxi.

J'ai failli repartir, mais il était déjà trop tard. Les chants grégoriens provenant de l'église m'avaient happée. J'ai accéléré le pas, et j'ai détourné les yeux devant la jambe bandée d'un mendiant avec une tumeur ulcérée au ventre. Il m'a été plus difficile d'esquiver le deuxième, car il se trouvait droit devant moi. C'était un vieil homme pathétique qui sentait l'urine, la main tendue dans ma direction. Je dois avouer que, à cet instant précis, j'ai fouillé dans ma mémoire pour essayer de me rappeler la dernière fois que j'étais venue en centre-ville, en vain.

L'invitation ne précisait pas que le mariage religieux serait célébré selon un rite catholique datant du concile de Trente, à l'époque où le latin était encore la langue liturgique officielle. Je me suis faufilée tant bien que mal, juste à temps pour voir entrer la mariée au bras de M. le ministre, dans une robe majestueuse ornée de pierreries, d'un blanc vif qui glissait sur le tapis rouge, de la rue sombre à l'autel céleste. Tout était étrange, et néanmoins, nul n'aurait pu être insensible à cette odeur de jasmin, de lys et de chrysanthèmes, et à la délicatesse des orchidées illuminées par ces milliers de bougies blanches, tandis que la *Suite n°2* de Haendel commençait à retentir.

Afin de pouvoir célébrer le rite en latin avec le prêtre dos aux fidèles, une autorisation spéciale avait dû être demandée à la Conférence épiscopale de Colombie. Mais cela, je ne le saurais que le lendemain, en tombant sur les photos du mariage dans le journal, accompagnées d'une chronique assez détaillée de la soirée. Cela dit, je n'avais pas eu besoin du journal pour comprendre qu'une cérémonie de deux heures avec un officiant tourné vers l'autel était typiquement l'idée d'un juriste versé dans le culte marial, et qui se démenait pour faire abolir l'avortement dès qu'il avait l'occasion d'intervenir au tribunal, et combattait l'homosexualité comme une hérésie. Dans ce même journal du lendemain, je lirais aussi que les objets liturgiques et les calices du XVIIe siècle avaient été prêtés par l'évêque en personne, en témoignage de sa considération pour le jeune couple.

Dans mon champ de vision, il y avait un ministre, un juge et un membre du Congrès. J'ai cherché un visage familier au milieu de cette débauche de pouvoir. Personne.

Tout mon corps s'est crispé en entendant le cardinal lire un message personnel du pape adressé aux mariés. Et quand il a critiqué le mariage homosexuel devant tous les représentants politiques d'une nation censée être laïque, je m'en suis trouvée très contrariée.

J'ai entendu le prêtre parler de «juifs perfides», juste avant le début de la *Messe du Couronnement* de Mozart. Mozart était pourtant bien protestant, non? J'ai fermé les yeux et j'ai respiré l'odeur de jasmin. Je n'avais aucune envie d'être là. Si j'écoutais, je paniquais, mais si j'arrivais à faire abstraction du contenu et à me concentrer sur le décor, la musique, le parfum des fleurs, la majesté de l'église, la beauté des candélabres, je me sentais imprégnée d'une placidité joyeuse et légère.

Mes mains transpiraient, mon cœur battait à tout rompre et je ressentais en moi un abattement que ni l'*Ave Maria* de Schubert ni le *Gloria in excelsis* ne pouvaient soulager.

Ce Dieu auquel je ne crois pas a dû me prendre en pitié puisque, malgré toutes mes angoisses, la messe s'est achevée sans heurts. La mariée est sortie de l'église suivie d'un long cortège, sous les pétales de roses lancés depuis les premiers rangs. Je devais attendre que les autres sortent avant que mon tour vienne. J'ai repéré dans la foule le visage de Lucía Estrada, comme un naufragé trouve un tronc flottant qui le portera jusqu'au rivage. Je me suis frayé un chemin jusqu'à elle et lui ai attrapé le bras, déjà presque au niveau de la porte de l'église.

— Lucía !

— Claire, ma chérie ! a-t-elle lancé en se retournant avec un sourire. Je ne m'attendais pas à te voir ici.

— Et moi donc, je suis la première étonnée.

— C'est affreux, n'est-ce pas ? a dit Lucía.

— J'ai cru mourir, ai-je répondu.

— On a survécu, a-t-elle plaisanté.

Ramelli se trouvait un peu plus loin, en compagnie d'Aníbal Diazgranados, sa femme et un de leurs fils. D'un geste de la main, il a fait signe à Lucía de se dépêcher.

— On t'emmène ? m'a-t-elle proposé.

— Je ne sais pas, je n'ai pas très envie d'aller à la fête.

— Alors on te dépose en chemin. Tu n'es pas venue en voiture ?

— Ce serait formidable, oui, je n'aime pas trop l'idée de rester toute seule dans la rue à cette heure-ci. Tu es sûre qu'il y a de la place pour moi ? ai-je demandé en voyant monter Ramelli et les Diazgranados.

— Largement, a insisté Lucía.

— Parfait.

Je me suis dit qu'après un tel effort, autant aller faire un tour au vin d'honneur pour présenter mes hommages aux parents de la mariée. Dans le premier 4×4, il y avait le chauffeur de Diazgranados, son épouse, leur fils et Lucía.

— Monte dans celui de derrière, si ça ne t'ennuie pas, m'a dit mon amie.

Je n'ai pu m'empêcher de jeter un coup d'œil à l'intérieur. J'étais curieuse de voir le visage du fils de l'un des hommes politiques les plus puissants et controversés du pays. Je lui ai souri, et le garçon m'a souri en retour. Contrairement à son père, il avait des traits fins, la mâchoire carrée et de longues jambes.

J'étais curieuse de savoir comment il s'appelait, mais il me semblait déplacé de le lui demander maintenant, alors qu'on m'attendait pour démarrer. Je me suis hâtée de monter dans le second 4×4, avec Eduardo comme copilote. À l'arrière, à côté de moi, était assis Aníbal Diazgranados, que je n'avais jamais eu l'occasion d'observer de si près. Son visage me semblait familier à force de le voir passer aux infos, mais je n'avais jamais senti son haleine lourde ni son regard lascif sur mon décolleté.

— Ramelli, mon frère, sois gentil, dis-moi qui est cette voluptueuse étoile d'automne ?

Ramelli s'est retourné vers moi ; j'étais coincée contre la fenêtre, absorbée par ce qui se passait dans la rue, tandis qu'Aníbal me dévorait des yeux. Il m'a semblé percevoir chez lui un sourire ironique.

— Monsieur le congressiste, je vous présente Claire Dalvard, grande psychanalyste de la Sorbonne.

— Meeeeeerde, j'hallucine, un docteur, putain !

— Claire, enchantée, ai-je répondu la main

tendue vers lui, constatant avec dégoût qu'il la prenait dans les siennes et l'embrassait avec affectation. J'ai beaucoup entendu parler de vous.

— Des bobards, a répondu Aníbal. Dis-moi, poupée, ça vaut combien une heure avec toi ?

— Si vous voulez, je vous donne le numéro de téléphone de mon cabinet. Je dois avoir une carte de visite sur moi.

— Mets-nous un petit *vallenato*, on se croirait à un enterrement, a-t-il ordonné au chauffeur en glissant ma carte dans sa poche. Avec grand plaisir, docteur, a-t-il ensuite ajouté.

Que je te pardonne, que je te pardonne…
T'as dû me confondre avec saint Benêt
Regarde-moi en face : je suis un homme
C'est pas mon truc, la flotte de bénitier[1]

— Mon fils Luisito adore ce morceau, a dit Diazgranados avant de chanter le refrain à tue-tête.

Au croisement de la Calle 100 et de la 7e, il s'est collé à mes jambes pour attraper une fiole sous le siège passager.

— Bois un petit coup, mon pote, a-t-il lancé à Ramelli, qui s'est exécuté docilement.

— Docteur ?

— Non, merci. Est-ce que je peux vous poser une question ?

1. *El Santo Cachón*, chanson du groupe Los Embajadores Vallenatos.

— Bien entendu, docteur, a dit Diazgranados.

— Vous avez bien un fils qui travaille pour une compagnie pétrolière?

— En effet. Comment vous le savez?

— Par ma fille Aline, ai-je menti.

Je me suis tournée à nouveau vers la fenêtre. Nous étions sur le point d'arriver.

—Alors, mon vieux, on va à Sincelejo ensemble lundi prochain? a demandé Aníbal à Ramelli, comme si ma question n'avait pas d'importance.

— Oui, oui, je t'accompagne, a répondu Ramelli.

— C'est que, voyez-vous, le maître ne se contente pas d'être un sage, c'est aussi un sacré bon commerçant.

— Ah oui?

— Raconte un peu à Claire les bonnes affaires que tu fais dans la santé, a dit Aníbal en reprenant une lampée d'alcool.

Ramelli semblait contrarié.

— Oui, bon, enfin, on est surtout basés sur la côte, tu sais. On n'est pas très présents à Bogotá.

— Dans quel secteur de la santé travaillez-vous? lui ai-je demandé.

— Eh bien, on collabore pas mal avec l'hôpital San Blas.

— Je me demande où vous trouvez le temps pour tout ça, ai-je ajouté sur un ton évasif.

— Moi aussi, a répondu Ramelli, pendant qu'Aníbal chantait en chœur avec Jorge Oñate et l'autoradio.

— On dirait qu'on arrive enfin. Vous allez

finir par me souhaiter mon anniversaire ? m'a demandé Diazgranados.

— C'est aujourd'hui ?

— Évidemment, on est le 14 août. Je suis Lion. Le signe du pouvoir. Et sinon, je suis du genre passionné, a-t-il ajouté en baissant la voix.

— Je ne crois pas à l'astrologie, ai-je rétorqué.

Puis j'ai ouvert mon sac et j'ai remis un peu de rouge à lèvres en me regardant dans le petit miroir de ma poudrière.

— Vous êtes ravissante, a lancé Aníbal, qui commençait vraiment à me taper sur les nerfs.

Il secouait la flasque de whisky au-dessus de sa bouche pour essayer d'en extraire les dernières gouttes, en vain. Pendant ce temps, la procession de 4×4 et de pick-up devant l'entrée du Country Club entravait la circulation. J'avais hâte de descendre. « C'est peut-être l'occasion de prendre un verre avec Lucía », ai-je naïvement pensé, sans me douter du temps qu'il me faudrait pour atteindre la salle de réception.

— La dernière goutte ? m'a proposé Diazgranados. C'est la mutuelle Cruz Salud qui invite. N'est-ce pas, Ramelli ? a-t-il ajouté dans un éclat de rire strident.

— Qui aurait cru que la santé était un secteur porteur ? ai-je lancé, sarcastique.

— Ah, docteur, je vous en prie, ne me dites pas que vous l'ignoriez, a répondu Diazgranados.

Je suis descendue dès que j'ai pu, sautant presque du 4×4. Un grand dais blanc au-dessus d'un long tapis bleu formait une sorte de tunnel par où les invités arrivaient après avoir laissé leur véhicule au voiturier. Comme pour un événement exceptionnel, le ciel était dégagé et la lune était pleine. Des photographes mitraillaient les invités. Il y avait une estrade avec des spots où les VIP pouvaient poser pour « l'album de mariage ». En rasant les parois du dais afin de passer inaperçue, je me suis dirigée vers l'entrée en évitant les photographes. Un petit groupe entourait le ministre et son épouse.

— Ma chère Claire, merci d'être venue ! m'a dit la femme du ministre.

Nous nous sommes embrassées sous les flashs et les regards.

— C'était une belle cérémonie.

— Merci, oui, la petite est très religieuse, nous avons voulu lui faire plaisir.

Le ministre est venu me saluer.

— C'est donc vous la fameuse Claire.

— Je vous retourne le compliment, monsieur le ministre.

— Nous avons cherché un créneau pour reprendre rendez-vous, mais nous n'y sommes pas arrivés, a-t-il dit.

Le pluriel m'a surprise.

— Vous comptez venir tous les deux ? me suis-je étonnée, peu habituée à proposer des thérapies de couple.

— Voyez-vous, madame, les inquiétudes de ma femme sont aussi les miennes. Si elle souhaite s'entretenir avec un thérapeute, il est donc de mon devoir de la soutenir et de l'accompagner.

Je me suis tournée vers mon ancienne camarade du lycée des Bénédictines qui souriait, le regard vide. J'ai observé le crucifix en or incrusté de diamants qui pendait à son cou, et j'ai fait deux pas de côté pour permettre aux nouveaux arrivants de saluer le couple. Je voulais dire au revoir à Lucía, mais je l'avais déjà perdue dans la foule. J'ai fait demi-tour et je me suis dirigée vers la sortie du Club, où l'on m'a appelé un chauffeur pour me ramener chez moi. J'étais sur le point de partir lorsque je suis tombée sur la femme de Diazgranados.

— On se connaît, non ? lui ai-je demandé.

— Oui, m'a-t-elle répondu. De la Maison de la Beauté, j'y vais souvent. Si je ne me trompe pas, c'est la même fille qui s'occupe de nous.

— Karen ? ai-je demandé.

— Bien sûr, qui d'autre ? a répondu Rosario Trujillo, avant de prendre congé et de rattraper son mari qui marchait devant elle.

16

Il était 3 heures passées. La salle était presque vide, hormis un ou deux ivrognes, une top modèle qui s'amusait sur scène avec le micro, les musiciens de Jorge Celedón qui remballaient leurs instruments, et Diazgranados, occupé à boire les fonds de verre sur les tables. Claire n'était pas restée à la réception, et Lucía était partie on ne sait où ni avec qui.

Cette nuit-là, Eduardo se sentit seul. Il avait l'impression que tous les hommes dansaient avec leur grand amour, pile au moment où il commençait à accepter que Lucía ne l'aimait plus. Il ne voulait pas rentrer seul chez lui, mettre une chaîne porno et se masturber pour trouver le sommeil. Il décida d'appeler Gloria, mais elle ne répondit pas. Il fallait la réserver, d'autant plus si c'était le week-end. Alors il se souvint qu'elle lui avait donné le numéro de l'agence. Il chercha la carte dans son portefeuille et appela. Il attrapa sa veste de costume et partit chercher son 4×4.

Karen portait des sous-vêtements en dentelle noire, sa blouse à manches courtes en satin et une paire de chaussures à talons.

Elle avait mis du rouge à lèvres couleur cerise et s'était maquillé les yeux d'un noir profond. C'était Susana qui avait choisi ses vêtements et qui lui avait donné quelques conseils pour sa première soirée en tant qu'*escort girl*. Tout s'était passé de manière inattendue. Susana avait répondu à ses questions et lui avait proposé de faire d'abord un essai avec un ou deux clients, pour voir comment elle se sentait. En échange, Karen lui donnerait un pourcentage de ce qu'elle aurait gagné. Si cela lui plaisait, Susana la ferait officiellement rentrer dans l'agence pour qu'elle figure au catalogue. Et si tout se passait bien, elles pourraient se constituer un *pull* de clients et envisager de se mettre à leur compte. Les sommes étaient tentantes. En plus, lui avait expliqué son amie, rien qu'en faisant ça un ou deux ans, elle pourrait mettre assez d'argent de côté pour s'acheter un appartement. Après tout, elle ne perdait rien à essayer. L'agence appela Susana pour l'informer qu'un client voulait Gloria, mais que, celle-ci n'étant pas disponible, il demandait qu'on lui envoie une autre fille. C'était l'occasion idéale. Avec deux ou trois clients maximum, Karen récupérerait l'argent qu'elle avait mis huit mois à économiser.

Les bâtiments du quartier de New Hope sont plus larges que hauts, construits en forme de demi-lune, avec une pelouse au centre et de petites pierres grises sur lesquelles coule un filet d'eau aussi artificiel que l'herbe synthétique, le bleu des carreaux et le bruit de cascade qui dégringole au milieu d'une fausse pâture simulant un terrain de golf : quiconque passe par l'avenue Circunvalar est abasourdi par cette construction extraterrestre posée dans un paysage vert, avec ses immeubles en brique rouge, la couleur caractéristique de Bogotá. Karen trouva l'endroit magnifique.

— Rappelez-moi votre nom, demanda le gardien.

— Pocahontas.

— Pocahontas comment ?

— Pocahontas, tout court.

Le gardien lui adressa un regard incrédule. Il portait une oreillette et un uniforme bleu roi qui le différenciait de tous les autres gardiens qu'elle avait vus jusqu'à présent.

— Navré, mademoiselle, mais je dois vérifier vos papiers d'identité. Ce sont les règles de la copropriété.

Karen rougit. Elle se sentait idiote. « Pocahontas », se dit-elle à elle-même en ouvrant son portefeuille, puis elle lui tendit sa carte. Il les regarda, elle et sa carte, puis nota son nom et son heure d'arrivée dans un registre.

En suivant les indications, elle se retrouva dans un jardin japonais, baigné d'une délicate lumière bleutée. Elle retira ses talons pour faire le moins de bruit possible en marchant sur la passerelle en bois qui traversait le jardin d'un bâtiment à l'autre. À l'entrée l'attendait une imposante réception, avec des meubles démesurés et des sculptures en marbre. Cette fois, ce fut une femme en uniforme noir qui lui redemanda sa carte d'identité et nota son heure arrivée, avant de faire appeler l'ascenseur à l'aide d'un petit moniteur électronique. Dire Pocahontas avait été tellement stupide, tellement puéril. Karen ne cessait de se le reprocher. Si quelqu'un remarquait que quelque chose clochait, l'agence pouvait être prévenue.

Avec le sentiment d'être un cafard, elle monta dans l'ascenseur du milieu puis ferma les yeux. En les rouvrant, elle vit le jardin japonais et la ville en contrebas. Nerveusement, elle essayait de maîtriser ses mains tremblantes. L'ascenseur s'arrêta, les portes s'ouvrirent ; de l'autre côté, se trouvait Eduardo Ramelli. Il portait un peignoir blanc en éponge. Il était pieds nus. Il lui adressa un sourire chaleureux et, l'espace d'une seconde, Karen, surprise, eut un peu moins peur. D'un côté, elle était déçue de savoir que le maître faisait appel à ce genre de services, mais de l'autre, elle se sentait soulagée de connaître son client, car elle supposait qu'il ne lui ferait aucun mal. Elle se força à sourire en entrant dans l'appartement avec l'air le plus naturel possible.

— Un verre ? proposa-t-il en lui enlevant sa veste.

— Oui, merci, répondit-elle, constatant qu'il ne l'avait pas reconnue.

Ramelli lui servit de l'alcool ambré dans un verre épais, qu'elle but à grands traits.

Il la regardait, à la fois intrigué et amusé.

— Tu es nouvelle dans le métier ?

— Oui, monsieur, dit-elle en posant son verre vide sur la table.

— Inutile de m'appeler monsieur. On ne s'est pas déjà vus quelque part ?

— Je ne crois pas, mentit Karen.

Il l'avait reçue dans un salon aux meubles blancs. Karen n'osait pas s'asseoir, de crainte de salir. De toute façon, Eduardo ne l'avait pas invitée à le faire. Ce qu'il lui demanda en revanche, ce fut d'aller prendre une douche avant de se mettre au lit, et il lui tendit un savon antibactérien encore dans son emballage. Puis il lui donna un peignoir et des claquettes en tissu jetables, qu'elle pourrait enfiler en sortant de la douche.

Dans la chambre aussi, tout était blanc. Le lit *king size* faisait face à une cheminée en marbre insérée dans le mur. Côté ouest, on voyait Bogotá à travers une immense baie vitrée allant du sol jusqu'au plafond.

Le cognac avait fait son effet. La tête lui tournait, elle se sentait légèrement anesthésiée. Ce fut lui qui commença à la toucher, puis les rôles s'inversèrent. Forcément, elle ressentit un peu de dégoût au début. Elle n'aimait pas cette sensation dans sa bouche, encore moins lorsqu'il fallut avaler sa salive et réprimer ses haut-le-cœur. Mais après tout, son client s'était montré aimable, et dans une heure au plus tard, elle serait à nouveau dans un taxi, en route pour l'appartement de Susana.

— Tu as une beauté rare, lui dit Ramelli.

J'aimerais bien te revoir, ajouta-t-il en comptant les billets, à l'entrée de l'appartement.

— Appelle-moi, le tutoya Karen, plus détendue, tandis qu'elle recevait l'argent et le rangeait dans son sac.

— Où allons-nous, mademoiselle ? lui demanda le chauffeur de taxi.

D'après sa fiche d'identification, il s'appelait Floriberto Calvo.

— À l'angle de la 60e et de la 10e, répondit Karen, extrêmement soulagée de ne pas avoir à dire San Mateo, Soacha, Santa Lucía ou Corintio.

À la radio, sur la chaîne La Cariñosa, passait le bulletin d'informations Alerta Bogotá. Cette voix reconnaissable entre toutes résonnait dans la Chevrolet Spark.

Alerte Bogotá ! Incroyable ! Persuadé qu'elle lui faisait les cornes, un ouvrier du bâtiment tue son épouse de vingt coups de poignard dans le district de Bosa.

Extra, extraordinaire ! Dans le district de Kennedy, un ivrogne met le feu à un sergent de police qui l'avait empêché de continuer sa partie de tejo[1].

Incroyable ! En plein quartier de Cuadra Picha, un fêtard tue le vigile qui ne l'avait pas laissé entrer dans la discothèque.

Karen essayait de dormir, mais c'était impossible avec tous ces faits divers.

1. Jeu d'adresse très populaire en Colombie, d'origine amérindienne.

— Excusez-moi, on ne pourrait pas écouter autre chose ?

— Bien sûr, ma petite dame, répondit Floriberto en cherchant aussitôt une autre chaîne d'informations.

Karen aimait bien la voix d'Alerta Bogotá. Sur la côte aussi on écoutait beaucoup cette émission, mais elle n'avait aucune envie de savoir comment les gens s'entre-tuaient. Elle avait la migraine.

La majorité des bébés mort-nés cette année dans les centres de santé de la côte atlantique sont affiliés à l'EPS Caprecom. Des irrégularités ont été constatées dans près de vingt mutuelles de santé privées faisant le lien entre l'assurance maladie et la population dans tout le pays. Le Fisc est en cours de rédaction d'un rapport qui sera rendu public au milieu du mois prochain. La fraude est à ce jour estimée à 3 billions de pesos. Le Fisc a découvert des incohérences dans la gestion des remboursements de santé des plus démunis dans une centaine de municipalités sur le territoire. Rien qu'à Carthagène, plus de dix personnes décédées seraient encore affiliées à ces mutuelles, sans compter les près de 3 000 patients fantômes supposés…

Karen s'endormit. Raison pour laquelle elle n'entendit pas la radio annoncer que Cruz Salud était sur la liste des EPS incriminées. Mais elle n'aurait de toute façon pas fait le lien avec Ramelli, et encore moins avec les 600 000 pesos qu'elle avait dans son portefeuille.

Après avoir abandonné son appartement de Santa Lucía, Karen avait passé la nuit à San

Mateo chez Maryuri, sur un matelas par terre dans le couloir. Elle avait débarqué à minuit, pendant que Wílmer travaillait et que la petite dormait. Maryuri était trop fatiguée pour l'écouter parler. Ils habitaient un quartier poussiéreux où ils avaient trouvé un appartement de 45 m^2 dans une résidence surveillée avec piscine, salle commune et aire de jeux pour les enfants. Il y avait des grilles à toutes les fenêtres, et des morceaux de verre pilé en haut des murs renforçaient la sécurité au niveau du toit. Maryuri était mariée depuis deux ans, sa fille allait avoir un an dans quelques jours ; Karen était d'ailleurs invitée à la fête d'anniversaire.

Maryuri dit à son amie d'installer le petit matelas dans la salle à manger, où se trouvait aussi le frigo. La cuisine se résumait à un plan de travail avec une plaque de gaz et un évier minuscule. Karen s'allongea sur le sol, qui sentait les fruits pourris. Elle fit un rêve entrecoupé et angoissant. Elle se leva deux fois pour aller vomir. Au petit matin, elle entendit Wílmer rentrer. Elle le sentit s'approcher et baisser la couverture pour voir qui était dessous. Elle garda les yeux fermés en feignant de respirer normalement. Karen se souvenait de sa mâchoire carrée, ses épaules larges, ses cheveux épais, de sa peau couleur olive et ses grands yeux verts, de ses longs cils et son regard nerveux.

Quand il fut près d'elle, Karen put même sentir son odeur de cigarette, de sueur, de pluie et d'essence. Elle eut envie de le serrer dans ses bras mais elle se retint. En plus, il la croyait endormie.

Une heure plus tard, le réveil sonna, bientôt suivi par les pas de Maryuri, des braillements, une odeur de café, les petits cris de l'enfant qui mangeait l'œuf que sa mère lui avait préparé. Karen sentait que tout se passait au-dessus d'elle, ces odeurs de matin et ces sons de petite famille la réconfortèrent un instant; jusqu'à ce qu'elle se souvienne. Alors elle ressentit à nouveau une grande mélancolie. Maryuri lui caressa les cheveux et déposa un baiser sur son front après avoir mis la vaisselle dans l'évier.

— Tu as des cernes, rendors-toi un peu, j'emmène la petite à la crèche et je pars travailler. Je vais demander à Willy qu'il te dépose au boulot.

17

Il la déposa à la Maison de la Beauté seulement parce que Maryuri le lui avait demandé. Par la fenêtre, Karen trouvait la ville plus laide que jamais. Il y avait d'autres taxis garés dans le parking.

— Fais-moi un appel en absence, lui dit Wílmer.

Karen obéit. Elle sortit son téléphone et composa le numéro qu'il lui dictait. Puis elle l'entendit sonner.

— Et maintenant, enregistre mon numéro. Comme ça, j'aurai le tien, dit-il d'un ton autoritaire.

— Pourquoi tu veux mon numéro ? demanda Karen.

— À ton avis ? répondit-il sèchement.

Il la regarda de la tête aux pieds sans rien ajouter. À cet instant, Karen eut envie qu'il la rappelle. Arrivés à destination, elle vit qu'il avait mis le compteur en route.

— N'oublie pas, tu me dois 36 000 pesos.

Ce furent ses derniers mots.

Karen descendit du taxi en se disant qu'il fallait absolument qu'elle trouve un autre hébergement ; elle ne pouvait pas rester une nuit de plus à San Mateo. En arrivant à l'institut, elle alla s'enfermer aux toilettes. Avec une lame de rasoir, elle se fit une entaille minuscule au talon. Après plusieurs essais sur un pied, elle passa à l'autre. Elle se mit ensuite à vomir, bien qu'elle n'ait mangé qu'une demi-*arepa* au petit déjeuner, puis elle enfila son uniforme et entra dans sa cabine.

Ce jour-là, à 15 heures, le téléphone des rendez-vous sonna. C'était Susana ; elle demanda à Karen si elle était libre : « Je monte et on mange ensemble ? Juste dix petites minutes. » Et il en fut ainsi. Elle apporta une poire et un sandwich à la mortadelle ; elle en donna la moitié à Karen, qui sortit de son sac un paquet de chips, et en pleine cabine d'épilation, elles improvisèrent un pique-nique.

— Je te sens déprimée, Karencita.

— Je me retrouve sans logement, je me demandais si, peut-être que c'est abusé, mais…

— Tu veux venir habiter quelques jours chez moi ?

— Tu es sûre ? demanda Karen.

— Évidemment que j'en suis sûre, répondit Susana. On verra bien ce que ça donne. Ce n'est pas grand chez moi, mais l'appart est très bien placé : c'est dans le nord.

Ces quelques mots suffirent à Karen. « Dans le nord », c'était tout ce qu'elle recherchait. Peu importait que Susana lui semblât parfois grossière, voire un peu vulgaire : elle parlait trop fort, portait des vêtements moulants et la regardait fixement dans les yeux d'une façon intimidante, mais elle n'avait pour le moment pas de meilleure option.

À la fin de leur journée de travail, Karen et Susana partirent ensemble. Sa nouvelle amie avait pris un taxi, comme si elle faisait ça tous les jours. Karen restait silencieuse. Depuis un moment, elle remarquait que Susana avait davantage d'argent ; beaucoup plus que ce qu'elle pouvait gagner à la Maison de la Beauté.

L'appartement de Susana se trouvait dans un quartier huppé. Il était petit, avec peu de meubles, mais modernes et de bonne qualité. À peine arrivées, Susana sortit une bouteille de vin blanc du frigo et servit un verre à Karen, qui n'en revenait toujours pas. C'était comme se retrouver en pleine scène d'un de ces feuilletons qu'elle regardait à la télé. Ces deux chaises rouges en résine brillante, ce poster d'Andy Warhol, ces rideaux de perles… Tout lui semblait à la fois étrange et sophistiqué.

Quatre jours plus tard, Karen ferait sa première passe à New Hope. Plus tard, lors d'une de nos conversations, nous sommes arrivées à la conclusion que, ce matin-là, pendant qu'elle se mettait au lit après avoir passé la nuit avec Ramelli, j'étais en train de me lever dans mon appartement de la 93e, à cinquante rues de là, dans la même aube couleur ocre.

Ça m'étonne que personne ne remarque jamais la beauté singulière de la lumière sur la ville. Je crois que si j'étais artiste, je me lèverais aux aurores pour essayer de capter cette terracotta vitreuse qui descend de la montagne. J'aurais bien aimé être artiste. Pourquoi pas photographe. Ce serait un beau projet de prendre des centaines de photos de gens différents, mais exactement à la même heure. Disons, à 4 h 57 du matin. La lentille fixerait une femme mûre assise sur son lit, dans une chemise de nuit en soie, le visage pâle et ridé, un gobelet métallique sur la table de nuit avec de l'eau encore froide, un livre d'Emma Reyes et la vue sur la ville au dernier plan, comme un spectre. Sur une autre image, Karen serait assise dans un taxi à compter ses billets, le maquillage à moitié effacé, les traits tirés.

Sur le chemin de la cuisine, je ramasse le journal. Je me prépare un jus d'orange pendant que la cafetière fait son travail. Je me remets au lit avec mon plateau : tartines, jus et café. J'ouvre le journal en m'apercevant que j'ai un peu mal au crâne. « Juste à cause des deux whiskies que j'ai pris avant la messe ? » me dis-je. Le prix de l'âge. J'avale deux gorgées de jus, je mets mes lunettes, je prends le journal dans une main et mon café dans l'autre. Comme tant de femmes de mon âge, j'ai d'excellentes capacités motrices. Mes leçons de mécanographie, de broderie et de crochet, entre autres réjouissances délicates, n'auront donc pas servi à rien.

Je prête une attention particulière aux articles

sur l'arnaque à l'assurance maladie. Et je manque de me renverser du café dessus lorsque je lis « Cruz Salud » sur la liste des mutuelles concernées, suivie du nom de Ramelli, son représentant légal. Le papier explique que ces entités privées chargées du remboursement des dépenses de santé créent de faux patients, les dupliquent, réintègrent les morts dans le système et prescrivent des médicaments dont personne n'a besoin pour ensuite récupérer l'argent de l'État. Je me rappelle notre conversation au mariage. J'avais déjà entendu dire que Diazgranados était un sacré filou, et d'ailleurs, sa tête apparaissait chaque semaine dans la presse et aux infos, mais évidemment, il ne lui arrivait jamais rien. Quant à Ramelli, je me demandais bien comment Lucía avait pu passer trente ans à ses côtés. Le nom d'Aníbal Diazgranados était absent de l'article.

En passant à la page people, je tombe sur des photos de la cérémonie. Les cancans sont rédigés par une journaliste visiblement obnubilée par le faste de ce qu'elle appelle « un mariage à l'ancienne ». Je me lasse vite, je passe aux colonnes d'opinion. Il est rare que je reconnaisse les noms de ceux qui les signent. Je ne sais pas si c'est parce qu'ils sont de plus en plus jeunes, si ceux que je connaissais autrefois passent progressivement à la rubrique nécrologie, ou si c'est parce que je suis complètement déconnectée de la réalité du pays. Peut-être un peu des trois.

Le malaise que j'avais ressenti pendant la noce m'avait rappelé la fête de mes quinze ans. Décidé à respecter la tradition colombienne, papa m'avait offert une robe en soie, il avait payé le champagne et on avait dansé la valse. J'avais dû accepter les bouquets offerts par les uns et les autres. En y repensant, je crois que c'est exactement ce jour-là que j'ai pris la décision de quitter la Colombie et de faire ma vie ailleurs. « On se sent à l'étroit. » Je me rappelle avoir dit cela à la future épouse du ministre Obando. « Je ne comprends pas ce que tu veux dire », avait-elle répondu. « Ça n'a pas d'importance », avais-je coupé court. Si mes souvenirs sont bons, c'est la dernière fois que nous avons eu un semblant de conversation. En y repensant, on a beau vivre dans une ville de 8 millions d'habitants, on voit toujours les mêmes personnes aux mêmes endroits, comme dans une cité médiévale.

Teresa et moi avons grandi ensemble et étions inséparables, mais en entrant progressivement dans l'âge adulte, nos différences se sont accentuées jusqu'à finir par nous séparer.

Je regarde l'horloge, et avant de me rendormir un peu, je décide d'appeler Lucía quand il sera 9 heures. Je me dirige pieds nus vers la minichaîne de l'autre côté de ma chambre, et je mets un disque d'Erik Satie.

— Tu m'attends là et je vais chercher du chocolat ? Ah, et tant que j'y suis, mon sac aussi. Histoire que les hyènes n'essaient pas de me le piquer ou de mettre je sais pas quoi dedans, dit Susana à

Karen, l'après-midi où elle va l'accueillir chez elle pour la première fois.

Susana sort précipitamment de la cabine en oubliant son iPhone, la table de soins est couverte de miettes. Le son d'un message reçu attire le regard de Karen. Elle prend le téléphone dans ses mains et y jette un coup d'œil ; elle n'a d'abord pas l'intention de lire, mais la curiosité l'emporte. *Si vous voulez du sexe, payez, sinon laissez-moi tranquille*, dit un message de Susana, auquel un homme répond : *Te fâche pas, bébé, on avait dit 1 million, ce sera 1 million.*

À cet instant, Susana entre et Karen repose le téléphone à sa place.

— Tu veux une barre Jet ? lui propose-t-elle.

— Ce que je préfère, c'est la petite carte à l'intérieur, répond Karen.

— Moi aussi, j'en achète une tous les jours pour voir ce que ça raconte, dit Susana. Voyons sur quoi tu vas tomber aujourd'hui… Aïe, la chauve-souris ! s'exclame Susana en riant, avant de prendre une posture cérémonieuse pour commencer sa lecture.

La chauve-souris (Pipistrellus pipistrellus). *Les chauves-souris sont les seuls mammifères volants sur la planète. Bien qu'elles semblent avoir des ailes pareilles à celles des oiseaux, il s'agit en réalité de doigts extrêmement longs, reliés entre eux par une membrane allant jusqu'à la queue.* Fais-moi voir tes doigts, demande Susana en attrapant sa main. Ah oui, c'est vrai. Tu as des doigts de chauve-souris, ajoute-t-elle. Pardon, je disais donc, les ailes. *Contrairement à la croyance populaire, les chauves-souris ne se nourrissent en général pas de sang, mais de fruits, d'insectes, de nectar et, dans une moindre mesure, des restes de saignements d'animaux.* À partir de maintenant, je vais t'appeler Solina, annonce Susana.

— Pourquoi Solina ?

— Comme Solina, la secrétaire timide qui devient une vampire mangeuse d'hommes dans *Dracula*.

— Le film ?

— Oui, Solina.

— Je ne l'ai pas vu. Franchement, si tu tiens à me donner un surnom, j'aime autant Pocahontas.

— Pocahontas ? Mais c'est un nom d'Indienne, dit Susana en riant.

— Et alors ? Je suis à moitié indienne, non ? répond Karen en finissant sa barre au chocolat.

18

Elle termina le massage amincissant de Rosario Trujillo et ne ressentit aucune curiosité pour ce qu'elle disait en anglais, de même que cela ne lui fit ni chaud ni froid de la voir enfiler son trench Carolina Herrera puis la regarder des pieds à la tête en fronçant les sourcils, avec un air de dégoût sur son visage tiré.

Avec un grand sourire, elle la remercia pour ses 5 000 pesos de pourboire. Elle apprenait à rester impassible et comprenait de mieux en mieux que celui qui maîtrise l'art de la dissimulation a plus de chances de remporter la manche. Rosario Trujillo était de ces femmes qui ne peuvent pas rester cinq minutes quelque part sans s'empêcher d'afficher leur supériorité.

Lors d'une de nos séances à trois, avec Lucía, pour organiser nos notes sur le futur livre, Karen nous confia ce que Rosario provoquait en elle.

Je compris alors que Karen se sentait en quelque sorte soulagée de voir Rosario jouer sa partition en restant vulnérable, presque amère, de voir qu'elle n'était pas heureuse, et que, à l'image de tous les acteurs de cette intrigue, la femme du ministre interprétait un rôle inévitable, comme dans une pièce de Shakespeare où les personnages ne peuvent échapper à leur destin, bien qu'ils en connaissent déjà l'issue, comme l'homme qui sait qu'il tombera dans le précipice au prochain pas et qui met malgré tout un pied devant l'autre.

Mais, d'après Lucía, j'avais tendance à idéaliser les intentions de Karen, à les porter aux nues et à les teinter de fantastique afin de mieux la transformer en héroïne. « Karen », a dit Lucía lorsque nous avons mis en route le processus d'écriture, « est l'héroïne de cette histoire, c'est sûr, mais c'est aussi une vraie femme. On n'est pas dans un conte de fées ou dans une épopée classique. » D'après Lucía, Karen avait cessé de voir Rosario Trujillo comme une menace depuis qu'elle habitait dans le nord et qu'elle économisait pour avoir le même trench Carolina Herrera (ou le même sac Prada) que sa cliente sans que ce ne soit plus un but impossible.

De façon strictement pragmatique, la différence la plus importante entre elles deux résidait dans leur portefeuille. Enfin, dans le portefeuille, le manteau, les chaussures, bref, dans les choses en général. Karen était bonne observatrice.

Avec ce contact direct, dans cet espace commun et clos de 15 m^2, son parfum de lavande et sa musique new age, ce n'était pas le corps nu de Rosario Trujillo qui la rendait supérieure, mais le prix de ce qu'elle portait sur elle. C'était du moins comme cela que Karen l'interprétait.

Était-ce son accent de Bogotá, cette voix haut perchée et cette intonation particulière qu'elle prenait pour s'adresser aux inférieurs qui la rendaient plus puissante ? Était-ce parce qu'elle avait une domestique, contrairement à Karen ? Ou bien à cause de sa façon de demander « comment va ? », en traînant le « a » sur un ton très aigu ? Allez savoir. En tout cas, il y avait bien « quelque chose » qui lui donnait le privilège de la traiter avec mépris ; un privilège que Karen aurait souvent adoré posséder, vu la tendance qu'avaient ses clientes à mal lui parler (parce qu'elles passaient une mauvaise journée, parce qu'elles s'y sentaient autorisées, parce que ça leur chantait), elle devait toujours tendre l'autre joue, garder le sourire, encaisser. Ou bien aller chercher du travail ailleurs.

En cet après-midi du mois d'août, Karen repensa à l'échange de textos qu'elle avait surpris sur le téléphone de Susana. Elle eut envie d'appeler Emiliano. Elle pensa au million de pesos mentionnés sur le tchat. L'argent qu'elle avait mis huit mois à mettre de côté et qu'elle avait perdu le temps d'une soirée, Susana l'avait gagné en une seule nuit. Elle sortit son téléphone pour appeler son fils avant son rendez-vous de 18 heures. Contrairement à d'autres fois, la mère de Karen se montra aimable. Elle lui raconta qu'elle s'occupait des papiers de mise sous tutelle de l'oncle Juan pour pouvoir toucher directement sa pension de handicapé. Ce qui ne devrait plus mettre que quelques semaines. Cela signifiait un grand changement, car ce serait désormais elle qui gérerait l'argent ; l'oncle dépendrait désormais de sa sœur : les rôles s'inversaient. Sa mère avait l'air contente et elle lui passa Emiliano, qui lui raconta une blague que Karen ne comprit pas. Il parlait à toute vitesse sans prendre le temps de respirer. Il répéta la blague deux fois.

— Tu reviens quand, maman ? finit-il par demander.

Cela faisait si longtemps qu'il ne l'appelait plus « maman ». Elle se sentit loin de lui en entendant ce mot.

— Bientôt, mon chéri, bientôt.

— À 3 heures ? demanda Emiliano.

— J'aimerais bien, répondit Karen. Je viendrai lundi, ajouta-t-elle.

— Aujourd'hui on est lundi, déclara Emiliano.

Karen fut étonnée qu'il le sache.

Emiliano raconte à sa mère qu'il est devenu plus fort en foot et qu'il ne veut plus de vélo, mais des baskets à crampons ; des bonnes baskets !

— Si j'ai les sous, je t'offrirai les deux pour Noël, mon poussin.

— C'est dans longtemps. Il manque combien de Bob l'Éponge avant Noël ?

— Beaucoup, répond Karen, mais le temps passe vite.

— C'est dans longtemps Noël, répète Emiliano.

— Tu as raison. Mais c'est à la fois dans

longtemps et très bientôt, dit Karen en s'empêchant de reconnaître que cette conversation l'ennuie.

— Et mes baskets à crampons ? demande-t-il à nouveau.

— Tu les auras, mon chéri. Je te le promets.

Cet après-midi-là, Karen et Susana sortirent ensemble du travail comme les meilleures amies du monde. Le lendemain de cette conversation, Karen apporta ses affaires chez Susana. Le soir même, tandis qu'elles se couchaient dans le même lit, Karen se décida à l'interroger sur les textos qu'elle avait lus.

— Je fais la pute de luxe depuis à peu près un an, ma belle, lui répond Susana en éteignant la lumière.

— Tu as réussi à mettre de côté ? demande Karen, surprise par le naturel de la conversation.

— Je suis en train d'acheter cet appartement.

— Il coûte combien ?

— 350 millions, mon chaton, lui répond Susana.

— Je peux te demander combien tu te fais par mois ?

— Par mois ? Entre 8 et 10 millions.

Karen se tait. La rapidité avec laquelle elle arrive à faire le calcul la surprend : c'est huit fois ce qu'elle gagne au salon de beauté. « Un salaire de vice-ministre », lui ai-je dit quand elle me l'a raconté.

— Et tu dois faire des trucs horribles ?

— Des fois, mais on s'en remet.

— Je n'ai connu qu'un seul homme dans ma vie, avoue Karen.

Susana éclate de rire.

— Tu es en train de te dire « pourquoi pas ? », dit Susana. Solina... Solina la mangeuse d'hommes. Je te disais bien que ce surnom était une prémonition. Et tu remarqueras que je n'y suis pour rien, c'est la barre de chocolat qui t'a indiqué la voie à suivre.

— Eh oh, je n'ai rien d'une mangeuse d'hommes, moi.

— Peut-être, mais en tout cas, tu as peur, lui rétorque Susana. Ta peur, je la vois comme une tache sombre dans ton regard. Tu la portes sur toi. Elle s'entend dans les cris que tu pousses d'un seul coup, dans ton petit rire nerveux et le tic que tu as de rabattre tes cheveux sur le côté. Et comment tu comptes te débarrasser de ta peur ? En te précipitant sur ce qui t'obligera à plonger dedans la tête la première, comme un cavalier qui remonte en selle juste après que son cheval l'a fait voler dans les airs !

Karen se tait. Susana est une vraie psy, pense-t-elle. Elle en sait plus sur elle qu'elle-même. Et bien qu'elle n'y ait pas repensé avant, maintenant qu'elle voit Rosario Trujillo sortir de sa cabine, ce moment lui revient avec une clarté inédite. Alors elle fixe le billet de 5 000 pesos et se sent comme une adulte qui se rappellerait un souvenir d'enfance dans lequel une chose (disons, la maison de la grand-mère) était gigantesque, mais qui pourtant, une fois qu'on a grandi, semble avoir rapetissé, ou pire encore, semble être devenue minuscule, insignifiante. C'est très exactement ce qui est en train de lui arriver : depuis qu'elle gagne assez d'argent pour supporter l'insolence de sa cliente, cette dernière a comme rapetissé.

19

Il lui avait enlevé sa culotte et l'avait fait basculer sur le lit, où il la pénétrait rageusement en poussant des grognements, le visage crispé et comme endolori. Elle cria en laissant échapper quelques larmes et vit les draps se tacher de rouge, lentement. « Plus rien ne sera comme avant », pensa-t-elle. Et elle sentit soudain la gifle de Luis Armando lui brûler la joue, juste avant qu'il ne recommence à la faire boire au goulot de la bouteille et à lui enfoncer ses doigts couverts de cocaïne dans la bouche.

Elle se mit à pleurer. Il ne s'était même pas écoulé une demi-heure depuis son arrivée à l'hôtel.

Quand il l'avait appelée, elle s'était imaginé une chambre avec des roses blanches, un bain moussant, une coupe de champagne ; elle avait cru que Luis Armando serait tendre et délicat, qu'il « ne ferait rien dont elle n'aurait pas envie », une phrase qu'elle l'avait souvent entendu dire lors de leurs conversations téléphoniques.

À un moment donné, Luis Armando esquissa un sourire. Comme un naufragé apercevant la terre ferme, Sabrina lui sourit à son tour. L'espace d'une seconde, elle crut que tout était enfin terminé. Mais il se redressa aussitôt en laissant échapper un éclat de rire. Comme s'il lui disait dans sa barbe « je me suis encore bien foutu de toi ». Sabrina pensa à sa mère qui lui répétait « si tu n'as rien de bien à dire, mieux vaut te taire », mais rien de bien ne lui venait en tête, ni à dire ni à taire. Elle n'aurait d'ailleurs plus jamais l'occasion de penser à quoi que ce soit — ni en bien ni en mal.

20

Dans ce qu'elle décrirait plus tard comme une salle d'attente pleine de meubles en bois vieux de cinquante ans et rongés par les charançons, Consuelo Paredes attend depuis plus de deux heures d'être reçue par le procureur chargé de l'affaire. Sept autres personnes patientent à côté d'elle avec des mines sombres.

— À quelle heure dites-vous qu'il sera de retour ?

— C'est sa pause déjeuner, rasseyez-vous, s'il vous plaît, lui répond la secrétaire en continuant de se limer les ongles.

— Mais ça fait plus de deux heures que j'attends.

— Il a dû être retenu.

Consuelo Paredes voit entrer et sortir des agents de la police scientifique ; elle en entend un beugler : « Alors mon con, il a bien voulu y mettre du sien cette fois-ci, ton cadavre ? » L'autre type fait la grimace : « Que dalle. Et dire que je lui ai même proposé du fric», répond-il. Et l'autre de rire sans grand enthousiasme.

Quand le procureur finit par arriver, il parle à voix basse avec la secrétaire, qui semble le mettre au courant de ce qui s'est passé en son absence. La femme se sert d'une machine à écrire occupant la moitié de son immense bureau.

Le procureur se retourne, il dit bonjour en faisant un sourire et un geste de la main.

— Je vous accorde cinq petites minutes à chacun.

La secrétaire fait entrer tour à tour les quatre personnes arrivées avant Consuelo Paredes. Il est presque 17 heures quand on finit par l'appeler. Tout le temps passé à attendre, elle a réfléchi à ce qu'elle dirait précisément au procureur pour rentabiliser au mieux les cinq minutes dans son bureau. L'homme porte un costume couleur fumier et une chemise crème. Sa large cravate est de travers. Il n'est pas loin de devenir chauve mais ne doit pas avoir plus de quarante-cinq ans.

— En quoi puis-je vous aider ?

— Ma fille, Sabrina Guzmán, a été assassinée.

— Chère madame, toutes mes condoléances. Néanmoins, comme j'ai coutume de le dire, regardez sur ces étagères, ce sont tous des dossiers en cours de traitement. Uniquement de cette année. Et je vous garantis qu'il y en a plus de cinq cents.

— Excusez-moi, mais j'en doute, se rappelle avoir dit Consuelo.

— Chère madame, si vous voulez, nous pouvons passer cinq minutes à critiquer le système judiciaire en Colombie, mais si vous préférez, nous pouvons parler de ce qui vous amène. Voyez, j'ai ici une plainte pour vol de téléphone portable, et là pour agression à l'arme blanche, un viol, plusieurs appartements cambriolés, encore des vols de portable, des agressions et des assassinats ; comme j'ai coutume de le dire : nous avons l'embarras du choix.

— Parce que vous trouvez que c'est pareil tout ça ? Qu'un portable volé vaut un assassinat ?

— Non, chère madame, tout ne se vaut pas, les statuts sont différents et requièrent donc des protocoles différents. Mais dites-moi, votre fille, elle a été assassinée ? Concentrons-nous un peu, si vous le voulez bien, chère madame.

— Ma fille, Sabrina Guzmán, est morte le 23 juillet dernier dans des circonstances inconnues. D'après l'hôpital San Blas, sa mort a été causée par l'ingestion d'un médicament appelé Tryptanol, mais l'autopsie dément cette théorie et mentionne des traces de violence sexuelle et de consommation forcée de cocaïne…

— Seriez-vous en train de me dire que votre fille a été violée et que quelqu'un a trafiqué les rapports pour étouffer l'affaire ?

— C'est en effet le cas, répond Consuelo Paredes, irritée.

— Première chose : je peux vous aider en vous fournissant une autorisation spéciale de justice afin d'obtenir l'historique clinique de votre fille à San Blas. Deuxième chose : essayez d'aller parler au médecin, mais sachez qu'ils sont tenus au secret professionnel et qu'ils ne sont pas obligés de vous répondre s'ils ne le souhaitent pas. Troisième chose : si vous voulez un conseil, embauchez un détective privé.

— Mais ce n'est pas vous qui êtes censés répondre de la justice ?

— Très bien dit, chère madame, nous le sommes en théorie. Et croyez-moi, nous faisons de notre mieux, mais regardez ce bureau. Vous y voyez un ordinateur ? Une tablette ? Non, tout ce qu'il y a, ce sont cinq cents dossiers rangés dans des chemises en papier sous la responsabilité d'une équipe de la police scientifique assez limitée, et sous-payée par-dessus le marché. Chère madame, nous travaillons avec ce qu'on nous donne, et nous ne disposons ni du temps ni des moyens suffisants. Croyez-moi, ce n'est pas une question de mauvaise foi. Et maintenant, si vous me permettez…

— Mais pouvez-vous au moins regarder où en est l'enquête, me dire ce qui se passe ?

Le procureur fouille dans un tiroir de son bureau. Au bout de cinq minutes, il sort un dossier, l'ouvre, le lit et dit :

— La police scientifique est en train d'établir les paramètres préliminaires à l'enquête.

— Vous êtes en train de me dire que presque deux mois ont passé et que vous en êtes encore à « établir les paramètres préliminaires à l'enquête » ? Qu'est-ce que ça signifie ?

Le procureur se racle la gorge avant de reprendre.

— Ça signifie que le cadre de l'enquête est en cours d'élaboration, cadre selon lequel un programme méthodologique sera défini afin de pouvoir commencer le travail d'expertise, ajoute-t-il en haussant un sourcil.

— Qui commencera quand exactement ?

— Quoi donc, chère madame ?

— Le travail d'expertise que vous allez réaliser en accord avec le programme méthodologique défini en fonction du cadre de l'enquête en cours d'élaboration ? demande Consuelo Paredes.

Le procureur toussote à nouveau.

— Le souci, chère madame, c'est ce rapport médical qui vient troubler l'enquête. Voyez-vous, sans cela, l'autopsie aurait été faite immédiatement et nous aurait fait gagner du temps, car nous aurions aussitôt conclu à un homicide. Mais il se trouve que la nécropsie date d'il y a à peine une semaine. Sans compter que ladite nécropsie n'apporte aucune preuve définitive quant à la cause du décès, puisqu'elle stipule que celle-ci « demeure à la discrétion des autorités compétentes ».

— Essayez-vous de me dire qu'il ne s'agit pas d'un meurtre ? C'est à vous de déterminer si c'est le cas ou non ! s'écrie-t-elle, à bout de patience.

— Exactement ! répond le procureur avec un sourire forcé. Parfait, parfait, nous commençons à nous comprendre. D'abord, il faut établir s'il s'agit ou non d'un homicide. Ensuite, oui, nous pourrons ressortir ce petit dossier pour le transférer à la Criminelle. Vous me suivez ?

Consuelo Paredes est pâle. Elle se sent plus seule que jamais. Elle a maintenant compris que tout serait encore plus difficile que ce qu'elle avait imaginé.

— Dans combien de temps ? Dans combien de temps obtiendrez-vous quelque chose, monsieur le procureur ? Pour prouver qu'il s'agit d'un homicide.

— Accordez-moi une semaine, chère madame, dans une petite semaine nous vous mettrons en contact avec l'agent de police scientifique en charge de l'affaire pour que vous puissiez lui faire part de vos inquiétudes. Revenez me voir dans huit jours et je vous remettrai l'autorisation pour obtenir l'historique clinique de votre fille à San Blas. Ne perdez pas espoir, remettez-vous-en à Dieu et priez, chère madame, priez beaucoup.

— Excusez-moi, monsieur le procureur, pouvez-vous me donner votre numéro de portable ou votre adresse mail ?

— Avec grand plaisir, répond-il en se raclant à nouveau la gorge, puis il lui dicte ses coordonnées avant d'ajouter à voix basse : Je compatis, chère madame, mais ça fait longtemps que vos cinq minutes sont écoulées.

21

Ramelli avait été son premier client et il était devenu son meilleur. Ils se voyaient deux ou trois fois par semaine et avaient même dîné ensemble à deux occasions. Ils ne se retrouvaient jamais en journée. C'est pourquoi, quand il l'invita à déjeuner le dimanche suivant, Karen se demanda s'il voulait la voir elle ou Pocahontas. Telle une interprète, elle devenait de plus en plus habile pour passer de l'une à l'autre. À la Maison de la Beauté, elle restait Karen, d'autant plus depuis la mauvaise expérience de Susana, renvoyée deux semaines plus tôt ; elle avait retrouvé sa veste en cuir tachée de teinture pour cheveux et s'était jetée sur Deisy.

Karen savait qu'en restant prudente, elle pourrait mener sa double vie encore quelques mois, puis elle quitterait définitivement le salon de beauté. Mais seulement quand elle l'aurait décidé ; elle ne comptait pas y être forcée. Cela lui avait servi de leçon : elle devait apprendre à ne pas mélanger ses deux identités. Pocahontas portait des bottes Ferragamo et un sac Massimo Dutti ; Karen allait au travail avec ses tennis Croydon et une queue-de-cheval.

Elle feuilletait les magazines avec l'attention d'un étudiant qui veut réussir ses examens. Elle se demandait quoi porter pour ce déjeuner de dimanche. Elle commençait à maîtriser certains codes. Dolce & Gabbana, Armani ou Versace étaient pour elle des manières de dire les choses sans avoir à s'exprimer à cor et à cri. Ce soir-là, elle avait rendez-vous avec un Américain qui avait fait plusieurs fois appel à ses services au cours des dernières semaines. Il fallait qu'elle s'achète un nouveau sac : elle ne pouvait quand même pas porter toujours le même.

Ses efforts pour interpréter son personnage étaient tels que tout son argent partait dans ce qu'on pourrait appeler son costume de scène. Elle était tellement obnubilée par Pocahontas qu'elle ne se rappelait même plus qu'elle était entrée dans ce jeu pour faire venir Emiliano de Carthagène. Pire encore, le souvenir de son fils la faisait souffrir, et ce sentiment s'aggravait à mesure qu'elle prenait ses distances avec la Karen qu'elle était en arrivant à Bogotá.

Depuis qu'elle avait quitté son appartement de San Lucía, elle avait constamment eu l'impression de s'exposer exprès au danger, de s'y soumettre, voire de s'y abandonner, peut-être pour se prouver que c'était elle qui avait désormais le contrôle de la situation.

Karen parlait peu de Wílmer. Nous n'avons su

qu'à la fin qu'ils avaient continué de se voir. Je crois que cette liaison lui provoquait un tel sentiment de culpabilité qu'elle n'était pas capable d'en parler. Elle quitta fatiguée la chambre du Laguna Azul, avec 700 000 pesos en liquide. Elle passa un coup de fil à Wílmer qui ne dura pas plus de dix secondes et poursuivit sa route. En ce dimanche matin, le soleil se levait et les bancs du parc de la 59e étaient réquisitionnés par des saoulards.

John Toll quitta le motel peu après Karen ; il prit la direction opposée et arrêta un taxi dans la rue, sans se douter qu'on allait essayer de lui voler sa mallette et de le dépouiller sous la menace. Karen ne serait pas là pour l'entendre crier, ni se jeter de la voiture et courir sur deux cents mètres avant de recevoir trois balles dans le corps et se vider de son sang par terre.

Son client nord-américain avait les mains moites et demandait pardon à tout bout de champ. Qui aurait dit que ce monsieur maladroit et si peu sûr de lui au lit avait fait la guerre en Irak et en Afghanistan ? Sans rentrer dans les détails, disons qu'il aimait le sexe conventionnel et préférait qu'elle ne reste pas trop longtemps à ses côtés, ce qui allait très bien à Karen.

Elle aimait cette heure où, sur le même trottoir, les créatures nocturnes, les yeux rouges et sentant l'alcool, se mêlent aux lève-tôt sportifs déjà en route pour le gymnase. Les voir tous dans le même espace lui faisait imaginer l'existence d'une sorte de fraternité entre eux, voire une complicité, une proximité qui aurait paru incongrue à n'importe quelle autre heure du jour ou de la nuit.

Elle avait envie d'être seule. Fermer les yeux, manger et pleurer sans se sentir observée. Et pourtant, depuis son viol, elle n'avait plus réussi à dormir d'une traite sans avoir des crises de panique. Alors elle restait dans la rue jusqu'à ce que le soleil se lève, ou elle allait se coucher dans le lit de Susana.

En chemin, elle vit deux panneaux « À louer » qui attisèrent sa curiosité. Au bout du troisième, elle se décida à aller voir. Le premier appartement faisait 22 m², il était sale et étroit, avec le tuyau de douche au-dessus des toilettes et une chambre borgne. Le deuxième était en rez-de-chaussée, sans fenêtre non plus, tellement sombre qu'il fallait allumer la lumière pour voir sa paume de main. Au moment de visiter le troisième et dernier appartement, juste avant son déjeuner avec Ramelli, elle croisa les doigts.

La façade n'avait rien à voir avec toutes celles des endroits où elle avait habité à Bogotá. Les briques apparentes et les balcons beiges rappelaient l'immense majorité des bâtiments alentour. Comme eux, cet immeuble n'avait pas connu de temps meilleurs. Jusqu'à présent, elle n'avait pas eu le projet de chercher un nouveau logement, mais dès qu'elle poussa la porte de cet appartement, elle sut qu'elle voulait y habiter.

Une jeune femme lui ouvrit. Elle expliqua à Karen qu'elle partait vivre chez son petit ami qui avait un appartement plus grand pour eux et leur bébé, mais que son bail avec l'agence immobilière était encore valable trois mois.

Karen fut plus que tentée par cette opportunité ; après tout, trois mois, c'était le temps qu'elle s'était fixé pour mettre assez d'argent de côté et trouver un endroit plus spacieux, où il y aurait de la place pour elle et Emiliano.

40 m^2, un tapis râpé, deux fenêtres, l'une dans le salon avec vue sur la rue et l'autre dans la chambre. Une cuisine américaine donnait sur une petite table d'appoint avec deux chaises, où Karen vit une tasse de thé et un livre de contes. Les étagères de la bibliothèque, en brique et en bois, débordaient de livres. Karen les passa en revue, elle n'en trouva aucun de Ramelli.

— Je le prends, dit-elle, je prends l'appartement.

— Mais vous n'avez pas encore vu la salle de bains.

— Je le prends de toute façon, insista-t-elle.

La jeune femme lui demanda de payer le premier mois à l'avance et les deux suivants en novembre. Karen accepta. Le loyer s'élevait à 900 000 pesos ; elle en sortit 600 000 de son sac et promit de lui apporter le reste dès le lendemain.

Le soleil pointait derrière les collines. Karen avait la sensation que la chance tournait enfin et que tout ne pourrait désormais qu'aller mieux.

22

Cela faisait plusieurs jours que Consuelo Paredes restait en pyjama. Elle s'était lassée d'appeler sur le portable du procureur. Elle tombait toujours sur sa messagerie. Elle lui avait aussi envoyé plusieurs mails, mais ils lui revenaient. Trois jours plus tôt, elle avait fini par aller rendre visite à Kollak, de l'agence « Kollac et ses Détectives ». Le nom avait attiré son attention, car son père était fan du feuilleton quand elle était petite ; elle s'était dit que ce pouvait être un signe. Le Kojak original s'écrivait avec « j », pas « ll ». Contrairement à Kojak, Kollak avait encore des cheveux, qu'il se teignait en noir. Il avait un air serein et des cicatrices d'acné sur le visage. Il avait choisi ce métier et ce pseudonyme car, lorsqu'il était enfant, la série passait à la télévision et sa mère en pinçait pour le détective new-yorkais. Comme lui, il portait un complet, une cravate et un chapeau en toute occasion, même s'il apparaissait sur son site Internet en uniforme de l'ancien Département administratif de Sécurité intérieure.

Son site proposait de retrouver des personnes disparues, de localiser des débiteurs en fuite ou des comptes bancaires, des biens et des véhicules, d'enquêter sur des crimes, des homicides, des arnaques et des vols, ainsi que d'effectuer des tests graphologiques.

Consuelo avait appelé, et Kollac en personne avait décroché. Il pouvait la recevoir l'après-midi même. Elle prit un taxi qui la déposa devant le centre commercial Aquarium, dans le district de Chapinero. L'agence se trouvait au fond de petits bureaux en rez-de-chaussée. Assis sur une chaise en bois couverte d'une housse en tissu, l'homme avait accroché derrière lui quelques diplômes et photos d'enquêtes résolues. Sur son bureau, pas d'ordinateur. Juste de la paperasse entassée, des loupes, un crâne, un vieil appareil photo, plusieurs paires de lunettes et une boîte de bonbons Tums contre les aigreurs d'estomac. Tout avait l'air aussi vieux et anachronique que dans le bureau du procureur.

Consuelo s'expliqua longuement.

— Je crains qu'il puisse y avoir un gros poisson derrière tout ça, lui annonça Kollak en s'allumant une longue cigarette couleur cannelle, comme celles du héros de la série. Si quelqu'un a réussi à falsifier un document médical délivré par une clinique publique, c'est que cette personne a beaucoup de pouvoir. Il va falloir que nous cherchions dans les affaires de votre fille. Si vous êtes d'accord, nous viendrons demain chez vous avec mes hommes, et à partir de là, nous établirons un programme méthodologique.

— J'ai déjà entendu ça ailleurs, dit Consuelo, déçue.

— Regardez-moi bien, lui dit Kollak en ouvrant grand les yeux tout en les montrant du doigt. J'ai quitté le système judiciaire d'État parce que j'en avais marre de la désinvolture. Ce que je sais, je l'ai appris là-bas. Et pourtant, presque tout ce que j'ai réussi en quarante ans de carrière, je l'ai fait en tant que détective privé.

— Très bien, monsieur Kollak, si c'est ainsi que vous voulez qu'on vous appelle, ce fut un plaisir de vous rencontrer, rétorqua une Consuelo offusquée, qui se leva de sa chaise en lui tendant la main.

— Pas si vite, répondit-il.

Il avait la même voix caverneuse et sereine que l'agent de la série télé. Consuelo se rassit, s'affala sur sa chaise et explosa en pleurs, incapable de se contrôler.

— Vous êtes un sans-cœur, cria-t-elle dans le nuage de fumée qui envahissait l'espace.

Kollak lui tendit une boîte de kleenex.

Consuelo se moucha. Petit à petit, ses sanglots s'apaisèrent.

— Je m'appelle Obdulio. Obdulio Cerón.

Consuelo se tut. Une fois calmée, elle lui dit :

— Je préfère vous appeler Kollak.

L'homme lui sourit, ou c'est du moins l'impression qu'elle eut.

— Ainsi donc, justice ne sera jamais rendue pour la mort de ma fille, dit Consuelo.

— Justice, je ne sais pas, mais « Kollak et ses Détectives » vous proposent au moins de connaître la vérité.

— Le nom de votre agence est ridicule !

Comme s'il ne l'avait pas entendue, Kollak poursuivit d'un ton posé :

— Permettez-moi de vous dire que je pense qu'un individu mégalomane se cache derrière tout ça. On ne s'est pas donné trop de mal sur la scène du crime, et personne ne semble vraiment craindre d'être découvert. Voilà pourquoi je parie sur l'implication d'une ou plusieurs personnalités publiques, du genre maîtres du monde. Malheureusement, il est possible qu'il s'agisse aussi d'une nuit de sexe qui a mal tourné.

— Que voulez-vous dire ?

— Qu'il est dommage qu'il n'y ait pas eu d'autopsie dans la foulée, car nous aurions pu avoir une preuve de viol. Maintenant, il est trop tard. Cependant, cette piste reste ouverte.

— Comment allons-nous retrouver le coupable ?

— D'abord, il faut trouver un suspect. Pour ça, nous allons examiner les affaires de votre fille. Ensuite, nous pourrons apporter des pièces à conviction.

— C'est aussi simple que cela ?

— Malheureusement, non. Quand la justice n'est pas de notre côté, on a vite fait de se retrouver dans une impasse.

— Je ne suis pas certaine de saisir.

— Comme dirait le grand Sherlock, « il n'y a rien de plus trompeur que l'évidence ».

Consuelo regarda son téléphone, elle devait faire une visite d'appartement à quelques rues de là. Ce type qui avait tout l'air d'un clown était son seul espoir.

— Je dois y aller.

— Il faut que je sorte, moi aussi. Si vous voulez, je vous accompagne et on continue notre conversation dehors.

— Vous ne m'avez pas encore parlé de vos honoraires.

— Attendons la visite de demain. Une fois la méthode établie, je vous dirai combien ça peut coûter. Mais ne vous faites pas trop d'illusions.

— Pourquoi répétez-vous sans cesse que nous n'arriverons peut-être à rien ?

— L'expérience, croyez-moi. J'en ai vu, des cas similaires. La vérité est une souffrance. La connaître, c'est parfois pire que de ne rien savoir.

— C'est ridicule.

— Non, pas du tout. La vérité est nécessaire quand la justice est rendue. Mais la vérité sans réparation est un poison pour l'âme.

— Vous ne vous contentez pas d'être détective, à ce que je vois, monsieur le philosophe, dit Consuelo en se levant.

Kollak attrapa son imperméable et son chapeau sur le portemanteau, puis il invita Consuelo Paredes à le suivre.

23

Sur la terrasse du restaurant Upper Side où il attend Karen, Ramelli voit un homme corpulent d'une quarantaine d'années se diriger vers lui. Dans sa main, il tient un exemplaire de *Le Bonheur, c'est vous*.

— Vous êtes bien Eduardo Ramelli ?

— En effet, répond-il avec le sourire, en remontant ses lunettes de soleil sur sa chevelure grise et brillante.

— Quel honneur ! Vous ne pouvez pas savoir l'importance qu'a eue ce livre pour moi…

— Je suis heureux de l'entendre, il a été écrit pour ça, dit nerveusement Ramelli.

— Je suis avec ma copine. Est-ce que je peux lui dire de venir ? Elle a commencé avec *Je m'aime* et c'est elle qui m'a parlé de votre travail… Vraiment, vos livres ont changé nos vies.

— Ils ont été écrits pour ça, répète distraitement Ramelli en voyant Karen arriver vers sa table.

Il la trouve ravissante. « Sensuelle et élégante

à fois», pense-t-il. La petite amie du costaud s'est approchée, elle arrive à sa table quelques secondes avant Karen. Cette dernière remarque qu'Eduardo la dévore des yeux.

— Je n'y crois pas! s'exclame la jeune lectrice en plaquant ses mains de chaque côté de son visage.

Ramelli sourit à nouveau.

— J'adore le passage où vous dites qu'il faut vivre comme un fleuve qui suit son cours... Je m'y exerce au quotidien, poursuit-elle, toute rouge et en clignant exagérément des paupières.

Karen reste derrière la fille rubiconde en se demandant si elle doit s'asseoir ou attendre.

Ramelli termine une phrase sur le réveil de l'âme, il se lève et la salue avec une accolade un peu exagérée.

— Assieds-toi, je t'en prie.

Puis il reçoit l'exemplaire des grosses mains velues de son lecteur, et lui demande à qui il doit le dédicacer.

— C'est un signe, hein? dit la jeune femme tout sourire à son petit ami.

— Vous savez, maître, j'avais une très basse opinion de moi-même, mais après avoir lu *Je m'aime*, tout a changé. J'ai commencé à comprendre que la vie pouvait m'apporter ce que je désirais pourvu que j'accepte mes propres limites, et c'est pile à ce moment-là que j'ai rencontré l'amour.

Ramelli a gardé son sourire figé, artificiel.

Le jeune couple détonne dans le paysage. Leurs

vêtements anachroniques, leur surpoids et leur bonhomie tranchent avec l'endroit. Karen regarde autour d'elle. Ils sont installés sur une terrasse, au quatrième étage d'un bâtiment donnant sur la Zona Rosa. Les chaises sont en formica transparent et les tables en métal. À l'intérieur du restaurant, d'énormes lustres rouges, également en formica, pendent des hauts plafonds. Les murs blancs sont ornés de grandes photos de New York. Pendant qu'Eduardo prend congé de ses admirateurs, Karen étudie la carte : *spring rolls* de cochon de lait, *pepper steak*, *baked potato*, *nolita style soup*, *Manhattan style burgers*, *pizzetta* de homard, salade Waldorf, poulet Tandoori. Elle ne comprend rien. Elle observe les Français de la table d'à côté qui ont l'air de se régaler avec des plats exquis, mais elle ne sait ni comment ça se prononce ni comment ça s'appelle. Le couple d'admirateurs finit par s'éloigner. Eduardo la regarde de ses yeux bleu piscine. Il la prend par la main et la presse rythmiquement dans la sienne, sans rien dire et sans cesser de la fixer. Elle sent un frisson agréable la parcourir. Jamais elle n'a vécu un moment qui se rapproche autant d'un rendez-vous romantique. Le téléphone d'Eduardo se met à sonner ; il lâche aussitôt sa main en lui disant :

— Excuse-moi, il faut que je prenne cet appel.

— *Compadre !* répond Ramelli au téléphone. À quoi dois-je cette agréable surprise ?

Karen arrive à percevoir la voix stridente et lointaine de l'interlocuteur, qui semble parler très fort ; mais ce qu'il dit est inintelligible.

— C’est grave ? demande Ramelli. D’accord, je m’en occupe pendant que tu es à Barranquilla. Il va falloir organiser un plan d’urgence. Non, pas maintenant. Je te rappelle plus tard, *compadre*. Ne t’inquiète pas, on va gérer la crise.

Il raccroche.

— Tout va bien ? demande Karen.

À cet instant, le serveur vient leur demander s’ils ont choisi. Karen parcourt à nouveau la carte, un peu anxieuse.

— Je voudrais un hamburger, s’il vous plaît, dit-elle en rendant le menu au serveur.

— Un bacon burger ou un cheese burger ?

— Bacon, mais sans lard, répond-elle.

Eduardo lui sourit.

— Avec plaisir, répond le serveur sans la corriger.

Eduardo commande les *spring rolls* de cochon de lait en entrée puis un sandwich BLT. Comme boisson, il choisit un gin tonic. Karen demande un Coca-Cola et se sent aussitôt ridicule d’avoir des goûts de gamine de neuf ans.

— L’endroit te plaît ? demande Eduardo.

— C’est chic, répond timidement Karen.

— N’est-ce pas ! ajoute Ramelli. La nourriture n’a rien d’extraordinaire, mais j’avais surtout envie de te faire découvrir un *top cocktail bar* comme à Londres, New York ou Paris. Tu comprends ?

Karen acquiesce. Elle observe les jardins verticaux de la terrasse. Au fond, il y a une partie bar avec des tabourets hauts, des canapés en cuir et des tables en bois. Le ciel est du même bleu que les yeux de Ramelli. Pendant une seconde, elle s'imagine partager sa vie avec lui ; une vie avec de la place pour Emiliano, une maison, un chien, et même une résidence secondaire au soleil où passer le week-end.

Le serveur remplit leurs verres d'eau. Eduardo brise le silence :

— Écoute. Je te connais à peine, ce doit être, disons, la sixième fois que je te vois, et pourtant, j'ai l'impression de te connaître depuis toujours.

Le serveur apporte les *spring rolls*, Eduardo mord dedans à pleine bouche. Il semble maintenant concentré sur son cochon de lait frit. La bouche encore pleine, il fait une remarque sur la cuisson parfaite, avant de critiquer la sauce aigre-douce. Pour Karen, c'est plutôt le moment qui est aigre-doux. Elle ne comprend pas comment il a pu passer aussi abruptement d'une espèce de déclaration d'amour à des banalités sur des roulés à la viande. En plus, Eduardo a oublié son nom, en tout cas il ne l'a toujours pas prononcé.

— Tu sais que c'est par affection que je t'appelle Pocahontas, ma belle, lui dit-il avec un clin d'œil.

« Après tout, c'est lui le maître », pense Karen, et elle aimerait croire que tout ce qu'il fait a un sens profond, une logique qui lui échappe peut-être. On lui sert son sandwich, Eduardo continue à parler de nourriture. Il lui indique maintenant les différents endroits où l'on peut manger du canard laqué à Bogotá. Il a complètement oublié sa déclaration d'amour.

— Le meilleur restau, et de loin, c'est le Thai Ching Express, poursuit-il.

Elle n'ose pas admettre qu'elle commence à s'ennuyer. Eduardo parle pendant un quart d'heure de plats chinois, thaïlandais et vietnamiens, des restaurants qui servent ce type de gastronomie à Bogotá, ainsi que de leur rapport qualité-prix.

Le couple corpulent revient. La femme a les yeux encore plus rouges et ses joues sont roses.

— Je ne pouvais pas partir sans vous remercier à nouveau, maître, dit-elle à Ramelli ; ç'a été un signe de tomber sur vous ici.

À côté d'elle, son petit ami hoche la tête avec véhémence.

— Sachez, monsieur, poursuit la jeune femme au col roulé assorti à son rouge à lèvres, que mon gros bébé m'a demandé en mariage justement aujourd'hui, dit-elle en soupirant bruyamment. Vous vous rendez compte ?

— Incroyable, répond Eduardo en sirotant son gin tonic.

— C'est un signe, insiste-t-elle, un signe que je n'aurais pas perçu si je ne vous avais pas lu. Cher maître, permettez-moi de vous inviter à notre mariage.

— Ce serait un immense honneur pour nous, ajoute le costaud, mais... ce qu'on peut être grossiers ! On ne s'est même pas présentés. Alfredo

Lagarcha, proctologue, pour vous servir, dit-il en lui tendant la main.

Ramelli la serre après l'avoir regardée fixement, peut-être un peu trop longtemps d'ailleurs.

— Gloria Motta, bactériologue, dit-elle en lui tendant la sienne.

— Vous êtes faits l'un pour l'autre, leur dit Eduardo avec ce même sourire tendu.

Apprenant que le mariage aurait lieu à cent cinquante kilomètres de là, à Cachipay, Ramelli promet de faire tout son possible pour venir, puis il ajoute qu'il a malheureusement l'impression d'avoir déjà un voyage prévu à cette date. Le docteur Lagarcha lui adresse un clin d'œil et lui laisse sa carte : « On ne sait jamais quand on peut avoir besoin d'un proctologue. » Remarquant le regard lascif du docteur sur Karen, Ramelli ne peut résister à la tentation de dire :

— Je vous présente Karen, ma petite amie.

Karen manque de s'étrangler avec une frite, mais bien que toute rouge et très embarrassée, elle parvient à se lever et à tendre la main au couple.

À la fin du déjeuner, devant sa crème glacée frite qu'il arrose d'un double expresso, Ramelli semble se souvenir de ce qu'il disait au début.

— Où j'en étais, déjà ? Ah, oui… J'ai passé ma vie à ne rien prévoir, j'ai vécu chaque jour sans penser à demain, mais quelqu'un est arrivé un beau matin, l'air me manque et ce quelqu'un c'est toi…

Eduardo parle en tenant à nouveau la main de Karen dans la sienne, il la presse rythmiquement, avec douceur, et la regarde intensément dans les yeux.

Karen a reconnu les paroles de la chanson « Aventurera » de Carlos Vives.

Mais pour l'instant, elle n'a pas envie de voir que Ramelli est un imposteur, elle veut se laisser aller à la romance, telle une adolescente en émoi. Ramelli caresse son visage, il l'embrasse fougueusement, là, à la vue de tous, sur la terrasse d'un banal restaurant comme s'ils étaient deux amoureux.

Juste avant de prendre l'ascenseur, alors que Karen flotte davantage qu'elle ne marche, perchée sur ses talons de huit centimètres qui lui font affreusement mal aux pieds, que Ramelli la tient par la taille et qu'elle se sent comme une princesse, ils tombent sur un homme au nez aquilin avec du poil au torse.

— Docteur, quelle joie de vous croiser ! lui dit Eduardo.

— Tout le plaisir est pour moi, maître, répond le docteur.

— Je vous présente ma petite amie, enchaîne Ramelli.

Et cette fois, Karen dit bonjour sans rougir.

— Enchantée, Karen Valdés.

— Roberto Venegas, se présente-t-il.

Dans l'ascenseur, Karen demande :

— C'est ton médecin ?

— Non, ma chérie. C'est l'un de mes employés de Cruz Salud, la mutuelle qui nous appartient, à moi et mon associé.

— Tu possèdes une mutuelle de santé ? s'étonne Karen.

— Comme tu vois.

— Tu fais décidément beaucoup de choses, répond-elle, bien décidée à lui faire plaisir et à jouer son rôle de compagne du dimanche. Tu m'emmènes en balade ? ajoute-t-elle en le prenant par la main.

— Je vais plutôt t'emmener au septième ciel. Mais d'abord, j'ai une surprise pour toi.

Ramelli sort un paquet du coffre de sa voiture.

« Carolina Herrera », lit Karen sur le sac. Alors elle n'a plus besoin ni de mots ni de gestes pour sentir qu'il s'agit là d'un amour pur et véritable.

24

Karen est parvenue à raconter une bonne partie de ce qui lui était arrivé ces derniers mois sans mentionner Wílmer ; j'ignore si elle le faisait exprès ou si c'était son inconscient qui refoulait ses souvenirs avec cet homme ; le seul qui n'était pas un client.

Lucía pense au contraire que Karen a toujours passé beaucoup de choses sous silence. Le jour où elle a parlé de son quinzième anniversaire, elle a par exemple complètement omis de dire que l'épisode lissage de cheveux avait été une torture. Peut-être que le désir d'en garder un bon souvenir incitait sa mémoire à effacer les moments pénibles.

Ce n'est que des semaines plus tard qu'elle a mis le sujet sur le tapis pendant qu'elle me massait. Allongée sur la table de soins, je m'étais gratté la tête à plusieurs reprises. Je lui ai dit que les produits Pantène irritaient mon cuir chevelu, qui était très gras et que je devais laver tous les jours. Karen a eu un moment d'absence, elle n'a pas rebondi, et puis soudain, alors qu'elle me massait un nœud dans le dos, elle s'est mise à parler :

— La première fois qu'on m'a fait un lissage chimique, c'était pour mes quinze ans. Ma mère m'a expliqué que si je me grattais, j'aurais plein de croûtes sur la tête. Sauf que moi, quand je suis stressée, j'ai toujours la tête qui gratte. Je n'avais jamais rien senti d'aussi douloureux. Et j'ai eu le cuir chevelu couvert de croûtes.

— Moi j'aime bien les boucles, ai-je dit. Tu n'as jamais essayé de les laisser au naturel ?

— Quand j'étais gamine, si. À l'école on me disait que je ressemblais à un macaque. Les enfants poussaient des cris d'orang-outan dès qu'ils nous voyaient, moi et les autres filles aux cheveux crépus. Même toutes petites, certaines élèves venaient avec les cheveux lissés.

— Et ta mère ?

— Ma mère se les lisse avec des produits depuis que j'ai l'âge de m'en souvenir. Le rituel se répète religieusement tous les deux mois. Comme les femmes qui viennent ici : l'épilation à la cire toutes les deux semaines, les ongles tous les huit jours, le soin du visage une fois par mois, les faux cils toutes les trois semaines… Sans compter les soins du corps, l'épilation laser, le botox, enfin bref, tout ce qu'il est possible de se faire de nos jours. Personnellement, je me limite à la cire et au lissage. C'est la plaie le lissage, et pas seulement parce que ça fait mal. Ça sent l'œuf pourri. Tu as les yeux qui brûlent. À Carthagène, on le sait. On te lisse au fer, aux rouleaux, on te fait la technique du tourbillon ou de la patcha, et on te mate la plus rebelle des bouclettes. Nixon disait que c'était du mépris pour nos ancêtres. Je n'en sais rien. Je sais juste que je n'aime pas me voir dans la glace avec une tête de Noire échevelée. Pendant un temps, j'ai cru Nixon. Il me semblait qu'il avait un peu raison. Si Dieu m'a faite bouclée, pourquoi le contredire ? Je me disais ça, moi qui à l'époque allais aussi souvent à l'église que je me faisais lisser les cheveux. Alors j'ai arrêté les lissages, mais comme mes cheveux y étaient habitués depuis quatre ans, ils n'ont pas bien rebouclé tout de suite, et ils sont devenus bizarres, comme une vieille éponge à récurer, je me sentais moche, et puis je suis tombée enceinte et j'ai déprimé. Je ne supportais pas de me regarder dans le miroir. Nixon insistait pour m'appeler *negra*. Mais je n'y avais jamais pensé avant. Je ne me voyais pas comme une Noire, non. Ma mère, si. Intérieurement, je me moquais même d'elle parce qu'elle prétendait avoir un teint cannelle alors qu'elle est noire comme le cirage. Mais moi, j'ai une autre couleur de peau, c'est moi qui suis cannelle ; et ce que j'ai de plus noir, ce sont ces cheveux sagement tirés. À la télé, on entend toujours parler de cheveux brillants, soyeux, doux ; ils ne sont pas comme ça, les cheveux des Noirs. La coupe afro, c'est pour les gens des squats d'El Pozón, ma mère me le répète depuis que je suis petite ; c'est pour ceux qui vivent dans les poubelles ou les flaques de boue, qui n'ont pas de travail et même pas de papiers, ceux qui n'ont pas de maison. C'était ce qu'on m'avait appris, alors quand Nixon m'appelait *negra* et me lisait des poèmes de Jorge Artel, je sentais mon sang bouillonner, comme une fierté nouvelle pour une chose qui m'avait fait honte jusqu'à présent. Je sais que je suis jolie, ou en tout cas bien foutue, je sais que les hommes me regardent, qu'ils me désirent, mais je sais aussi que si j'avais une afro, ces mêmes types qui sont tout contents de me promener à leur bras comme un premier prix de loterie, ils auraient honte de moi. Ça ne me dérange pas tellement qu'on me traite d'Indienne. Après tout, Pocahontas aussi est indienne, elle est canon et elle est dans un Disney. Être noire, ça me paraît pire, et je ne supporte pas qu'on dise que je le suis, encore moins de la part des gens qui m'aiment vraiment et disent ça affectueusement. Est-ce que vous me trouvez noire, *doña* Claire ? Je pense que je suis à peu près de la même couleur qu'Obama mais avec des traits de Blanche et des cheveux noirs comme du cirage. Mes cheveux ont été ma croix. Je hais l'odeur de ces produits. Parfois ça me donne des haut-le-cœur et, plus les années passent, plus je les déteste. Malgré tout, je n'arriverais pas à arrêter de les utiliser. Quand j'étais enceinte, je disais que j'avais besoin de me sentir belle. Et me sentir belle et avoir les cheveux lisses, pour moi c'est pareil.

Je suis restée silencieuse. Je savais que Karen se lissait les cheveux, mais j'étais loin d'imaginer le martyre qui se cachait derrière.

Karen m'a massé les mollets, puis elle s'est attardée un moment sur mes pieds ; elle semblait être redescendue dans le souterrain de ses pensées.

— Nixon voyait les choses autrement, a-t-elle soudain repris. S'il y avait plus de Nixon sur la Terre, le monde irait peut-être mieux. Sincèrement, je n'aime pas les cheveux crépus. Qu'est-ce que j'y peux ? Figurez-vous que dans mon quartier, il y avait une belle fille noire qui portait les cheveux à l'africaine, et vous pensez qu'elle aurait trouvé du travail ? Elle était toute jolie et très bosseuse, mais personne ne veut d'un tel fouillis dans son bureau, dans son bar, dans sa boutique et encore moins dans son salon de beauté. Vous avez déjà vu une tignasse afro très longue et en pétard ? C'est comme un cyclone, un tsunami. Maman la regardait passer en lui disant : « Je vais te tondre les tifs dans ton sommeil un de ces jours, et je m'en ferai un oreiller. » Ça me faisait éclater de rire. Cette fille faisait des études bizarres. De la socio, je crois. Elle essayait de rassembler les gens, pareil que Nixon, elle leur parlait de fierté, d'ancêtres et ce genre de trucs ; en plein milieu d'une de ses réunions, une femme qui lavait son linge s'est arrêtée et lui a dit : « Et ta fierté et tes machins, ça t'a servi pour trouver du travail ? » Les autres avaient éclaté de rire. Elle me faisait de la peine, cette fille, parce qu'elle devait avoir raison, il ne faut pas discriminer les gens à cause de leurs cheveux, ça je le comprends bien, mais je comprends aussi qu'une coupe afro fait mauvais genre dans un bureau. Toujours est-il que la fille a quitté le quartier. On n'a plus jamais entendu parler d'elle. Elle louait une chambre chez une de nos voisines, mais elle n'y est restée que quelques mois. Peut-être que ce n'était pas le bon endroit pour elle. Parfois, j'y repense, mais je ne me souviens pas de son nom. J'espère que quelqu'un a fini par lui donner du travail sans qu'on l'ait obligée à se lisser les cheveux. Parce que, pour elle, mis à part le fait que ça fait mal et que c'est désagréable, ç'aurait été un vrai traumatisme. Vous voulez bien vous retourner, *doña* Claire ? m'a-t-elle demandé.

Je la regardais. Je voyais sa silhouette. Ses lèvres me semblaient plus charnues que jamais. J'ai imaginé ses yeux bruns regarder dans la nuit. J'avoue que j'ai eu envie de l'embrasser. J'en ai eu envie, mais au lieu de cela, je suis restée immobile, complètement immobile. J'ai essayé de contrôler le rythme de ma respiration. J'ai fermé les yeux. J'aurais voulu que le massage de Karen ne s'arrête jamais, et que sa voix, cette voix qui me revenait souvent en tête quand je me retournais dans mon lit sans réussir à trouver le sommeil, me chuchote quelque chose à l'oreille, doucement, calmement, tranquillement, sur cette cadence lente et joueuse, avec cette profondeur de tambour, avec ce goût, avec cette langue.

25

Il était 15 heures, un mardi ; les fonctionnaires portaient tous des chapeaux pointus. Ils coupaient un gâteau nappé d'une grosse couche de chantilly, et la femme de ménage, coiffée elle aussi d'un petit chapeau, leur servait de la Colombiana dans des gobelets en plastique.

— Excusez-moi, les interrompit Consuelo, élevant la voix pour se faire entendre malgré la musique à plein volume. Je voudrais savoir si le procureur est là.

— Non, il fait le pont, il revient demain.

— Mais le pont n'est pas censé se terminer aujourd'hui ?

— Eh bien, c'est qu'il a dû prendre un jour de congé, qu'est-ce que j'en sais ? répondit la secrétaire, visiblement agacée. Je ne travaille pas seulement pour lui, vous savez.

— Pourriez-vous me redonner son numéro de portable ?

— Non, madame, je ne peux pas. Je n'en ai pas l'autorisation.

— C'est lui qui m'a promis de me mettre en contact avec un agent de la police criminelle pour que nous puissions parler de… Il m'avait dit qu'il serait là aujourd'hui.

— Et l'avocat ? demanda la secrétaire.

— Comment ça ?

— D'habitude, la police traite avec les avocats, pas avec la famille, précisa-t-elle, avant d'ajouter : Prenez-en un. Sans avocat, vous aurez du mal à ce qu'on s'occupe de vous. Vous n'avez pas remarqué que le procureur a environ cinq cents dossiers en attente dans son bureau ?

— Mais il m'avait dit que…

— Il doit gérer beaucoup de gens, il ne peut pas tout faire, lui dit la secrétaire en portant à ses lèvres un gobelet de Colombiana.

— Et il ne vous aurait pas laissé une autorisation pour consulter l'historique clinique de ma fille à l'hôpital ?

— Non, madame, il ne m'a rien laissé pour vous. Rien du tout, répondit-elle, puis elle s'éloigna en sautillant, car ses collègues avaient allumé les bougies sur le gâteau et l'attendaient pour chanter *happy birthday*.

Consuelo la suivit en se plaignant que le procureur s'était trompé de numéro de téléphone et qu'elle tombait toujours sur messagerie.

— Pas moyen, ma p'tite dame. *Sorry*.

Dans l'après-midi, Consuelo Paredes appela son ex-mari pour lui raconter son rendez-vous avec Kollak et ses deux visites chez le procureur. Contrairement à ce qu'elle croyait, son ex-mari fut d'accord pour embaucher le détective, et il proposa même de l'aider à régler ses honoraires. Il s'engagea aussi à chercher un avocat compétent pour accélérer le processus. Consuelo le mit au courant du travail de Kollak et ses hommes, lesquels se résumaient apparemment à ses neveux. Elle lui raconta qu'ils étaient venus à l'appartement et qu'ils avaient retourné la chambre de Sabrina.

— Ils ont trouvé quelque chose ?

— Un mot écrit sur une feuille de cahier.

— Qu'est-ce que ça dit ?

— « Tu sais qu'il existe trente types de baisers ? Quand je pense qu'on n'en a fait qu'un. Mais tu vas voir, je te montrerai bientôt les vingt-neuf qui restent », lui lut Consuelo.

— C'est répugnant, commenta Jorge Guzmán. Il y a une signature ?

— Seulement les lettres LAD.

— LAD ? s'étonna-t-il.

— Aucune idée, répondit Consuelo.

— Tu penses que c'est lui ?

— Va savoir, mais pour l'analyse graphologique, il faut avoir son nom.

— On va trouver qui est ce LAD.

Consuelo préféra se taire. Elle était sur le point de lui donner des détails sur sa visite prochaine à San Blas et sur le plan d'attaque de Kollak, lorsque son ex-époux lui coupa la parole.

— Je pense que nous ferions mieux de parler de ce genre de choses en tête à tête, on ne sait jamais.

— On ne sait jamais quoi ?

— Si quelqu'un nous écoute. J'en ai déjà trop dit. Voyons-nous demain et restons calmes. On finira bien par arriver à quelque chose.

— Jorge, qu'est-ce qu'ils ont fait à notre petite ?

À l'autre bout de la ligne, Consuelo entendit sangloter le père de sa fille défunte.

26

Un coup sec dans la côte, comme un poignard, la sortit de sa torpeur. « Tu vas faire ce que je te dis », ordonna Luis Armando, qui s'était transformé en étrange créature, en un monstre qui savait où frapper, qui savait comment et où lever la main pour ne laisser d'autre trace sur sa victime que la douleur. « Arrête de faire cette tête d'angoissée, ça me coupe l'envie de te manger », lui dit-il en cherchant son petit sachet pour sniffer un autre rail. « Qu'est-ce que tu fais ? » osa lui demander Sabrina quand il se mit à frotter de la cocaïne sur sa vulve. « Je te rends consentante. »

La dernière chose qu'elle pensa fut que tout était de sa faute. Jamais elle ne connut vraiment cet individu qui l'agitait dans tous les sens et se servait de son corps pour décharger sa rage contre le monde. Pour Sabrina, il était cette voix douce qui la faisait se sentir spéciale. Un homme élégant, avec de l'allure, qui la trouvait belle. Et douce. « Belle et douce », lui avait-il dit le jour où il l'avait invitée à manger un hamburger au centre commercial. Un mec avec un 4×4 BMW. « Et sexy », avait-il ajouté, la deuxième fois qu'ils s'étaient vus, un mois après. Ce jour-là, il l'avait embrassée avec délicatesse et lui avait demandé deux fois si elle était vierge. Est-ce que tous les hommes sont des monstres dans l'intimité ? Sabrina savait que non. Son père n'était pas un monstre. C'était un homme bien. Penser à son père la troubla, son besoin d'aller aux toilettes se fit encore plus pressant. Puis la douleur revint, et avec elle disparurent ses pensées. Jamais Sabrina ne songerait qu'elle n'allait pas réaliser ses projets, qu'elle ne connaîtrait pas l'amour, ne serait pas maman, n'étudierait pas la gastronomie et ne vivrait pas à l'étranger, comme elle l'avait imaginé. Elle allait mourir sans savoir qu'elle ne reverrait jamais sa mère ni son frère, qu'elle ne serait pas là pour la remise des diplômes, n'irait pas à Los Angeles, qu'elle n'essaierait pas la marijuana ni ne se sentirait à nouveau la fille la plus sexy du monde, et qu'elle ne ferait pas non plus la paix avec son père, auquel elle n'avait jamais pardonné d'avoir divorcé et fondé une nouvelle famille.

Depuis peu, Sabrina avait pris conscience qu'elle s'était montrée injuste. Les relations se terminent, un jour l'amour s'en va et ce n'est la faute de personne. Son père avait rencontré une autre femme, c'était comme ça. Maintenant, elle voyait les choses différemment. Luis Armando semblait bouger à une vitesse ahurissante, comme s'il grimpait aux murs jusqu'au plafond et puis redescendait. Elle laissa échapper un petit rire idiot. Elle ne ressentait plus rien, ou du moins ce qu'elle ressentait ne lui faisait plus rien. Si seulement sa mère avait été plus encline à parler. « Si seulement je n'avais pas été aussi bête », pensa-t-elle. Elle essayait de suivre les directives de Luis Armando : plus vite, moins vite, plus fort, imagine-toi que c'est une sucette, non, une glace, fais des va-et-vient avec ta main en même temps, plus vite, non, pas si vite, qu'est-ce que tu peux être empotée, dégage de ma putain de chambre, lui cria-t-il, alors Sabrina eut l'espoir que le cauchemar était bientôt fini : une fois dehors, dans le couloir, tout serait terminé, elle n'aurait qu'à descendre et appeler un taxi, un téléphone, appeler sa mère, plus jamais elle ne sortirait avec un type comme ça, un inconnu, un psychopathe déguisé en gentleman ; mais ce « plus jamais ça » prit un tournant inattendu : Luis Armando lui attrapa la nuque comme s'il voulait l'étrangler, les larmes coulèrent sur ses joues, elle n'arrivait pas à crier, elle ne pouvait rien faire, il la souleva par le cou en lui disant que jamais elle ne serait capable de donner du plaisir à un homme, que son corps de gamine maladive était ridicule, Sabrina voulut se relever mais elle était à bout de forces, Luis Armando continuait à jouer avec elle comme avec une poupée, il la secouait, lui tirait les cheveux, la tournait dans un sens puis dans l'autre, elle n'opposait aucune résistance, plus capable de pleurer, elle pensa qu'elle était enfin morte, que c'était un soulagement et que cela lui arrivait justement la première fois qu'elle désirait mourir, elle savait qu'ils étaient dans cette chambre depuis plus d'une heure et que personne ne viendrait la sauver. Plus rien n'avait d'importance. Elle ferma les yeux. Son cœur allait éclater. Elle saignait. Elle ignorait d'où, mais elle saignait. Une tiédeur visqueuse coulait, peut-être sous ses jambes. Elle ne savait pas d'où. « Tout ce sang, pensa-t-elle. Je ne suis plus vierge. Non, plus vierge. » Elle se rappela ses gants blancs du lycée. « Le symbole de la pureté », répétait la directrice du Gimnasio Femenino. Elle ne le vit pas se rhabiller précipitamment, ni faire ses lacets et renouer sa cravate, comme si tout ceci n'avait été qu'une comédie, comme s'il n'avait pas été ivre, ni drogué, ni fou. Elle ne le vit pas se passer de l'eau sur le visage. Ni s'asseoir sur le lit et appeler son père. Elle ne l'entendit pas lui raconter ce qui s'était passé, ni son père lui répondre de rester tranquille, que Ramelli allait s'en occuper. Elle ne se vit pas elle-même, la bouche ouverte, les yeux écarquillés, comme si toute sa vie était restée suspendue dans un cri, elle ne se rendit compte de rien, car après l'avoir craint, après l'avoir désiré intensément, Sabrina était morte.

27

Pour Diazgranados, une psychanalyste n'était pas très différente d'une orthophoniste ou d'une nutritionniste. « Puisqu'elle a fait des études à Paris, elle aura sûrement des bonnes techniques pour m'aider à perdre cinquante kilos sans arrêter de manger. » Mais ce qui l'avait surtout incité à appeler, c'était la question au sujet de son fils. Aníbal avait voulu savoir si Luis Armando avait bien une collègue qui s'appelait Aline ; son fils lui avait répondu que non. Pourquoi cette psy, n'ayant en apparence aucun rapport avec lui ou sa famille, avait-elle menti pour lui soutirer le prénom de son fils ? Il avait donc pris rendez-vous à son cabinet, puis il l'avait fait suivre. Ce fut ainsi qu'il apprit qu'elle fréquentait un institut qui s'appelait la Maison de la Beauté, dont le hasard faisait que sa femme en était également une cliente assidue.

Il apprit ensuite que l'esthéticienne habituelle de Claire Dalvard et de sa femme était une ravissante fille nommée Karen Valdés, la petite pute que Ramelli traitait comme une maîtresse. Il se dit qu'il y avait anguille sous roche et qu'il valait mieux rester sur le qui-vive. Cette femme était-elle au courant de quelque chose ? La presse ne racontait-elle pas que Sabrina Guzmán s'était rendue dans un salon de beauté de la Zona Rosa juste avant de mourir ? Et si c'était celui-là ? Et si Claire, sa femme, Karen et la morte s'étaient parlé dans cet espace sans hommes, ce lieu de toutes les conspirations et de tous les secrets ?

Il était 19 heures passées. Si le lundi était d'ordinaire une journée chargée à la Maison de la Beauté, celui-ci avait été particulièrement calme. Karen voulait parler à Susana, lui annoncer qu'elle allait habiter seule. Elle avait envie de discuter, de s'installer dans le canapé et se confier à son amie. Ce soir-là, elle n'avait pas de client. Elle acheta un pot de glace en chemin. Ce devait être leur dernière nuit sous le même toit, elles devaient en profiter. En entrant dans l'appartement, elle sut que rien ne se passerait comme elle l'avait imaginé. Malgré l'exiguïté de la pièce, on n'y voyait pas à un mètre à cause de la fumée. Allongée dans le canapé, Susana regardait un épisode de l'émission de téléréalité Protagonistas de novela. L'atmosphère empestait la marijuana. Karen salua Susana, qui ne lui répondit pas. Elle s'installa à côté d'elle, sans détourner les yeux de l'écran où des hommes et des femmes allaient et venaient dans un studio de télévision ringard, vêtus d'un t-shirt noir avec leur prénom. Karen lut « Júver », « Yina », « Everly »,

« Omar » et « Ana María ». Yina, moulée dans un jeans troué, avec des extensions de cheveux, des faux cils et du mascara bleu, disait à Júver : « C'est qu'une chienne, cette sale traîtresse qu'a voté contre sa meilleure amie pour la virer de la maison. » Dans la scène suivante, Júver introduisait sa langue dans l'oreille d'Ana María.

— Ça va ? hasarda Karen.

— Je regarde ce truc, répondit Susana en tirant sur la fin de son joint.

— C'est une horreur, cette émission.

Pour seule réponse, Susana monta le volume.

— Regarde pas si t'aimes pas, dit-elle.

Karen sentit des vapeurs d'alcool dans l'air.

— Tu me passes un peu de ton Coca ?

— Prends-toi une canette, il y en a d'autres dans la cuisine.

— Juste une gorgée, insista Karen en attrapant le verre. Il est bon, ce rhum.

— Je sais ce que tu essaies de faire, lança Susana.

Karen éteignit la télévision juste au moment où Andrea Serna disait : « Et le nominé de la semaine est… » Susana se leva, en colère.

— Je t'héberge chez moi, je te mets sur un boulot bien payé, plus que ça : un boulot qui va changer ta vie ! Et toi, tu débarques ici et tu me juges comme si tu valais mieux que moi.

— Si ce boulot change ma vie, j'espère que ce ne sera pas comme pour toi.

— Qu'est-ce que tu insinues ? demanda Susana.

— Tu bois trop. Tu passes tes journées à te saouler… et à ne rien faire.

— Et alors ?

— Et alors, ce n'est pas bien.

— Et qu'est-ce qui est bien pour moi, d'après toi, madame Je-sais-tout ?

Karen resta silencieuse. Susana ralluma le téléviseur. L'émission de télé-réalité était finie. Une voix disait : « Guérillero, rends les armes, ta famille attend ton retour ! », dans un champ vert sur fond bleu ciel avec des tournesols et des enfants qui gambadaient.

— Je pars, dit Karen.

— Casse-toi.

— Je suis sérieuse, je pars vraiment. J'ai trouvé un appart et j'emménage demain. J'ai déjà payé pour octobre.

— Et Emiliano ? Et ton projet de le faire venir ? J'en étais sûre, je savais que c'étaient que des conneries. Regarde les choses en face, ma grande. Tu te mens à toi-même depuis je ne sais pas combien de temps. Tu ne vaux pas mieux que moi et tu as déjà oublié ton fils.

Karen lui donna une gifle. Susana la fixa, puis elle ajouta :

— Ça t'a coûté combien de louer cet appart ? Je t'avais dit qu'on pouvait accueillir Emiliano ici. Que j'allais t'aider.

— Il n'y a pas de place ici, répondit Karen du tac au tac.

— Et là-bas si, peut-être ? Il y a une chambre pour lui ? Ou pas ? Parce que le fric dont t'aurais eu besoin pour vous payer deux chambres, tu l'as dépensé en bottes, en tops, en sacs et en parfums ?

En silence, Karen attrapa le carnet d'adresses de Susana et le téléphone sans fil et elle alla s'enfermer dans la salle de bains.

— Tu es une pute ! Accepte-le ! Une traînée, une femme vénale, il n'y a qu'une chose qui t'intéresse, c'est d'avoir des belles fringues, *bitch* ! hurla Susana en cognant contre la porte.

En rage, Karen chercha dans le carnet à la lettre M, comme maman. Elle y trouva le numéro de la mère de Susana, qu'elle n'avait jamais vue mais qu'elle avait entendue parler au téléphone avec sa fille. Elle composa le numéro et entendit sonner deux, trois fois.

— Allô ?

— Vous êtes bien la maman de Susana ?

— Oui, qui est à l'appareil ?

— Karen Valdés, je suis une amie de votre fille.

— Il est arrivé quelque chose à Susy ? demanda la voix à l'autre bout du fil.

— Oui, madame. Elle fait une rechute. Elle boit trop, elle se drogue, elle dit n'importe quoi, elle est hors de contrôle, il faudrait la faire hospitaliser, répondit Karen d'une voix calme. Je suis vraiment désolée. J'ai fait tout ce que j'ai pu, madame, mais il faut que vous sachiez que votre fille est malade et que je ne suis plus capable de l'aider.

Lorsque Karen sortit de la salle de bains, Susana était partie. La télévision était restée allumée. Elle fit ses bagages à toute vitesse puis s'en alla. Elle n'eut plus jamais aucune nouvelle de Susana.

28

Ça fait des années qu'elle n'a pas eu de manucure ou de pédicure à faire, mais ce jour-là, on lui en demande quatre. Dilia est absente et les employées ont dû se répartir les créneaux de remplacement.

Accroupie, Karen lime la corne des pieds du docteur Del Castillo avec une pierre ponce. À côté, Nubia, la doyenne de la Maison de la Beauté, s'occupe de son épouse.

Karen regarde ces pieds secs aux ongles verdâtres en se demandant à quoi peut bien ressembler le pénis du docteur Del Castillo. L'image lui cause un petit haut-le-cœur, elle ressent un désir profond d'aller se gratter le dos contre un mur.

— Eh oui, ma chère, quelle misère. Vous qui êtes si jeune, vous devriez quitter le pays, recommencer une vie ailleurs. La « nouvelle Colombie » est en train de tout envahir, je me demande d'où ces arrivistes sortent leur argent, dit *doña* Elena à *doña* María Elvira.

— Même au Country Club, ce n'est plus ce que

c'était. Mais vous savez, le problème avec les nouveaux riches, c'est partout pareil.

— En effet, répond *doña* Elena.

— Sans parler de la violence terrible qu'on a ici.

— Aujourd'hui, ne serait-ce que prendre un taxi, c'est comme se jeter du cinquième étage.

— Vous n'avez pas entendu la nouvelle à la radio ? Un certain John est sorti d'un hôtel du côté de Chapinero, dimanche matin très tôt, on a essayé de le dépouiller dans son taxi, et comme il ne s'est pas laissé faire, il a reçu trois balles dans le corps, raconte le docteur Del Castillo.

— Ah oui, ajoute *doña* María Elvira, visiblement au courant de tout. Ce John Toll, un agent de la DEA. Ils ont annoncé sur Twitter que le pauvre homme n'avait pas survécu, quel dommage, un blondinet si mignon…

Karen a soudain la nausée, mais elle se retient. Devant ses yeux, elle voit trois pieds au lieu d'un. Elle fait un effort. Elle respire comme je le lui ai conseillé. Elle se concentre sur ses inspirations et ses expirations. Elle essaie de compter jusqu'à cent, comme je lui ai recommandé de faire quand elle va avoir une crise de panique. Elle se force à imaginer qu'elle est à la campagne. Il y a toujours trois pieds au lieu d'un. Elle n'arrive pas à compter au-delà de dix.

— Ah, quelle honte ! dit *doña* Elena. C'est à cause de ce genre de choses qu'on a une mauvaise image à l'international.

— Quelle plaie, ce pays ! surenchérit *doña* María Elvira.

— Ces vauriens, il faudrait les attraper et leur donner ce qu'ils méritent, dit le docteur Del Castillo. Tu en sais plus sur ce qui est arrivé ?

— L'homme n'a pas voulu lâcher sa mallette, alors ils lui ont tiré dessus trois fois. Il se vidait de son sang quand un bon samaritain l'a emmené à l'hôpital San Ignacio, mais le pauvre type agonisait déjà.

— Et ça s'est passé où ?

— Dans le petit parc sur la 59e, tu te rends compte…

— C'est monstrueux, dit le docteur.

Karen se demande si un autre gringo a pu sortir d'un hôtel de Chapinero puis traverser le parc de la 59e, dimanche au petit matin, avant de recevoir trois coups de feu. Un autre gringo que ce John qui, dimanche matin, lui a donné une enveloppe avec 700 000 pesos à l'intérieur.

— Mais qu'est-ce qu'il fabriquait à Chapinero à une heure pareille ?

— Il devait être avec une prostituée. Tu ne vois pas tous les motels qu'il y a par-là ? répond María Elvira.

À cet instant précis, Karen perd le contrôle de son coupe-ongles. Le docteur Del Castillo pousse un petit cri.

— Et la prostituée, elle ne serait pas complice, par hasard ? demande María Elvira en ignorant le cri.

— Ouch ! Attention, ma fille, je suis presque

mort mais pas encore totalement ! Pauvre femme, dit le docteur entre ses dents, ce n'est parce que c'est une prostituée qu'elle est forcément complice.

Quelques gouttes de sang coulent par terre.

— Pardon, mais il faut bien admettre que les prostituées ne sont pas des saintes, rétorque sa femme.

— Je plains sa famille, ajoute *doña* Elvira.

— Oui, les pauvres, acquiesce *doña* María Elena. Quand je pense que cet homme avait combattu en Afghanistan et qu'il est venu mourir à Bogotá des mains d'un sauvage, un Indien ! Il n'y a pas de justice.

— Excusez-moi, dit Karen dans un filet de voix.

Elle court aux toilettes. Elle vomit, puis s'assied sur la cuvette. Sa tête tourne. Elle essaie de réfléchir. L'espace d'un instant, elle songe à appeler Wílmer pour lui demander si c'est lui qui a fait le coup. Elle a un étrange pressentiment. Elle se lève, descend au deuxième étage sans donner d'explication au docteur Del Castillo, qui la regarde bouche bée. Elle entre dans sa cabine, cherche la carte de Consuelo Paredes dans son portefeuille et compose son numéro.

— Luis Armando Diazgranados, *doña* Consuelo. C'est lui que votre fille allait voir le jour où je l'ai épilée.

— Qui est à l'appareil ? demande Consuelo Paredes, encore en état de choc.

— Karen, de la Maison de la Beauté.

— Comment ça ? dit Consuelo Paredes en criant presque. Pourquoi vous n'avez rien dit plus tôt ? Que savez-vous d'autre ? Parlez !

— Rien. Je crois que tout ça va mal finir. Je vous demande, s'il vous plaît, de ne révéler à personne que c'est moi qui vous l'ai dit. Si jamais il m'arrivait quelque chose, prévenez Claire Dalvard. Vous trouverez son numéro via la Société nationale de psychanalyse.

— LAD, dit Consuelo, comme se parlant à elle-même.

— Pardon ? lui demande Karen.

— Oubliez cela, merci de m'avoir contactée.

En raccrochant, Karen se demande à nouveau si elle doit appeler Wílmer. Elle hésite. Elle le fait, le téléphone sonne. Personne ne répond.

29

Jorge Guzmán avait trouvé un avocat capable d'interférer pour qu'un agent de police soit rapidement missionné sur l'affaire. Une série de personnes restait à interroger : deux amies de Sabrina, le médecin ayant rédigé le certificat de décès, ainsi que Karen Valdés, la dernière personne à l'avoir vue vivante. Une description du chauffeur de taxi qui avait déposé Sabrina devant les urgences circulait dans tous les commissariats de la capitale. Par ailleurs, sous ordre judiciaire, on avait commencé à rendre visite aux hôtels des quartiers nord avec une photo de Sabrina, pour savoir si elle avait été vue quelque part. On cherchait aussi son nom dans les registres, tout en se doutant que, si elle y figurait, ce devait être sous une fausse identité, et que la démarche était vaine. Quant à la nécropsie, il ne fallait pas compter dessus pour une analyse d'ADN ou de sperme, car presque trois semaines s'étaient écoulées entre les faits et le moment de l'examen. On s'était procuré un échantillon de l'écriture de Luis Armando

Diazgranados et, d'après les calculs de Kollak, la preuve graphologique mettrait environ deux semaines à être établie. Si cela correspondait, on pourrait ajouter la pièce au dossier et demander dans la foulée un récapitulatif de tous ses appels téléphoniques sur les six derniers mois, puis on les ferait analyser. La preuve ADN, la plus indiscutable de toutes, n'aurait été valable que si l'autopsie avait été réalisée dix jours plus tôt. Malgré tout, l'enquête avançait. Pour la première fois depuis presque quatre mois, Consuelo Paredes et Jorge Guzmán ne se sentaient pas complètement abattus.

30

C’était le 31 octobre, le jour de son anniversaire. Pour fêter ça, Lucía s’était acheté un pain au chocolat, qu’elle accompagnait d’un bol de fraises. Elle feuilletait le journal quand une photo d’Eduardo la prit au dépourvu. Ce n’était pas l’un de ces articles qu’elle avait vu passer deux mois plus tôt et qui racontaient que Cruz Salud faisait partie des mutuelles soupçonnées de corruption, aujourd’hui on accusait directement Eduardo Ramelli, en tant que représentant légal, de voler l’État. Elle s’était mise à lire l’article, mais avant d’avoir pu le terminer, son téléphone avait commencé à sonner sans arrêt. Les gens n’appelaient pas pour son anniversaire, ils étaient choqués par l’article et voulaient apporter leur soutien à Ramelli. Avec des phrases comme «on devrait interdire ce torchon qui ne raconte que des salades» ou «nous savons qu’Eduardo n’aurait jamais fait une chose pareille», en utilisant une première personne du pluriel dont Lucía ne comprenait pas qui elle englobait exactement. Même sa mère, après lui avoir rapidement souhaité son anniversaire, l'avait en réalité appelée pour lui signifier qu'elle la soutenait dans ce moment difficile, phrase toute faite que Lucía avait interprétée comme un geste de solidarité moins adressée à elle qu'à son ex-mari. Sur le ton de la confidence, sa mère avait conclu : « On devrait mettre ces journalistes en prison pour diffamation. » Lucía n'avait rien répondu. Elle allait éteindre son portable lorsqu'elle reçut mon appel.

— Comment vas-tu ? lui demandai-je.

Lucía fondit en larmes.

— Tu veux que je passe ?

— Dépêche-toi, me répondit-elle.

Elle regardait autour d'elle avec étonnement. Ces choses qui l'avaient accompagnée toute sa vie lui semblaient désormais étrangères. Elle-même, sa propre vie. Elle était en colère. Elle ne comprenait pas pourquoi elle avait pris ces décisions-là. Il était trop tard pour se réinventer, pensait-elle. Elle avait cinquante-sept ans de retard pour tout recommencer.

Je lui apportai une boîte de chocolats et une couverture en laine. Lucía prépara du thé. J'arrivai plutôt vite, compte tenu des standards du trafic bogotanais, et je la retrouvai en jogging, le visage rouge et furieux.

— Comment ça va ? lui redemandai-je, désormais face à elle.

Lucía attrapa un chocolat dans la boîte et le regarda un instant avant de le mettre dans sa bouche.

— Tu penses que c'est vrai ? la questionnai-je.

— Oui, répondit Lucía en regardant ailleurs. La vie n'est qu'une invention, pas vrai ? Inventée du début à la fin. Y compris ces soi-disant moments heureux qui lui donnent du sens ne sont qu'une invention.

Une fois ces mots prononcés, elle ne fit qu'une bouchée d'un autre chocolat.

— Encore un ? lui proposai-je.

— Non merci. Sers-moi plutôt un whisky, me demanda Lucía.

Je ne jugeai pas nécessaire de lui rappeler qu'on était mardi et qu'il n'était même pas 10 heures du matin. J'ouvris les placards jusqu'à tomber sur la bouteille ; je sortis ensuite un verre, le remplis à ras bord et le lui apportai.

— Tu n'en prends pas ? me demanda-t-elle.

— J'ai un patient à 13 heures.

Cela dit, je me relevai et m'en servis un aussi, bien qu'un peu moins rempli.

— Avant, le monde m'intéressait… À une époque j'ai même eu une curiosité obsessionnelle pour les choses minuscules, tu sais ? La vie des tiques, des puces…

Lucía but une longue gorgée de whisky.

— Je crois que mon père m'a toujours vue comme une femme intelligente, mais dans son esprit, mon rôle principal était de me marier avec quelqu'un d'important, un ministre. Pour lui, j'étais douce et discrète. Il disait souvent à maman : « Lucía est tellement douce et discrète.

Elle trouvera un bon parti. » Ce qui me surprenait venant d'un homme comme papa.

— C'est quoi cette histoire de puces ?

— Ça m'intéressait. J'aurais peut-être pu devenir biologiste, experte en appareil reproductif des cafards, par exemple.

— Peut-être.

— Eduardo n'est plus là, évidemment, mais moi non plus je ne suis pas là. Tu comprends ? Il ne reste plus rien à l'endroit où je me trouvais, Claire. Rien, à part ce vieux corps laid, ces rêves brisés d'une vie simple avec quelques éclairs de bonheur. J'ai toujours cherché l'approbation des autres, ma petite Claire. C'était mon karma. Si seulement je pouvais revivre ma vie, dit Lucía, avant de reprendre une gorgée du whisky.

— Tu es en colère ?

— Je ne sais pas, répondit-elle en attrapant la couverture posée sur le canapé, qu'elle plia méticuleusement. Je suis triste. À quoi bon s'efforcer de vivre une vie qui n'est pas la sienne ?

— Je comprends, et encore, tu n'as pas de fille, toi, lui fis-je remarquer.

Elle m'a lancé un coussin.

— Non, je n'ai même pas ça, ajouta-t-elle avec un demi-sourire. Heureusement que mon père n'a pas vécu assez longtemps pour le voir. Il aurait été terriblement déçu.

Lucía se tut. Elle regarda au loin, comme si une émission de télévision passait sur le mur. Elle pensait à toutes ces femmes qui avaient la sensation d'avoir gâché leur vie en voulant contenter quelqu'un d'autre, en faisant les choses davantage pour être vues en train de les faire que par envie ou par besoin. Peut-être que beaucoup d'hommes étaient dans le même cas, mais de ceux-là, elle ne savait rien.

Si Lucía ne pensait pas que j'appartenais à cette catégorie de femmes, elle pensait en revanche que j'avais fui une société que je jugeais fermée, pour gagner un pays où je m'étais toujours sentie étrangère. J'étais un oiseau sans arbre, mais malgré tout, je me portais bien. Cela dit, je n'étais pas non plus tout à fait heureuse. Comme il est difficile de trouver la juste mesure pour se donner. Se donner à l'autre sans se perdre soi-même. Je ne pus alors m'empêcher de sourire ironiquement ; c'étaient là tous les grands sujets des livres de Ramelli.

— Beaucoup de femmes n'ont absolument pas conscience de ce que tu me racontes, lui dis-je.

— Eh bien, qu'est-ce que je ne donnerais pas pour être l'une d'entre elles !

J'allumai une cigarette, Lucía tira une bouffée dessus.

— Je ne me souvenais pas que tu fumais, lui dis-je.

— Pas depuis plus de vingt ans, d'ailleurs je déteste le tabac, répondit-elle en tirant à nouveau sur ma cigarette. C'est écrit sur mon calendrier, regarde, ajouta-t-elle en me montrant la page du mois de juillet. Ce rond rouge signifie que, depuis ce jour-là, plus personne n'a le droit de fumer ici.

— Pourtant, on fume, lui fis-je remarquer.

— Bien sûr, nous on peut.

— Ça me parle.

— Depuis un petit bout de temps, je me demandais comment les droits d'auteur pouvaient lui rapporter autant… Je ne me suis pas donnée, mais peut-être que je me suis voilé la face, que je n'ai pas voulu voir ce qui se passait.

— Tu n'as pas à te sentir coupable de ça.

— Qui est coupable alors ?

— Personne.

— Dans ce pays, personne n'est jamais coupable de rien.

— Qu'est-ce que tu veux dire par là ?

— Qu'il faut bien que quelqu'un assume ses responsabilités, ma Claire. Quelqu'un est coupable.

— Alors ce sera toi ? Tu te dévoues comme coupable ?

— Tu savais qu'il existait plus de 2200 espèces de puces ? me demanda Lucía en finissant les dernières gouttes de whisky au fond de son verre.

— Qui pourrait être capable de voler l'argent de la santé publique ?

— Mon ex-mari, pardi ! s'exclama-t-elle en se resservant un whisky. Ce con avec qui j'ai dormi pendant plus de trente ans !

— Lui, oui. Mais pas toi.

— Le gourou de la spiritualité et des valeurs de la vie quotidienne. Ce type qui prêche le bonheur et la transparence dans des livres qui sont écrits par moi.

— Qu'est-ce que tu viens de dire, Lucía ?

— Quoi donc? me demanda-t-elle, les yeux rouges.

— C'est toi qui écris les livres d'Eduardo? Tu es sérieuse?

Lucía resta silencieuse.

— C'est vraiment toi qui as écrit ce livre qui s'appelle *Je m'aime*?

J'éclatai de rire. J'en avais les larmes aux yeux et le corps parcouru de secousses. Ma réaction fut aussi forte qu'inattendue. Je me laissai tomber dans le canapé. Lucía me regarda, d'abord étonnée, et puis, peu à peu, mon rire devint contagieux et nous fûmes toutes deux hilares. Le calme finit par revenir. Ce n'était pas le moment d'assommer Lucía de questions embarrassantes sur la manière dont elle était devenue le nègre de son mari; elle s'était confiée, et c'était déjà beaucoup.

— Maintenant que tu es debout, tu ne te demandes pas s'il y a sous ta semelle un joli petit couple de puces en train de copuler?

Sa plaisanterie me fit sourire.

— Tu t'es consacrée aux êtres humains alors que ce qui t'intéressait vraiment c'étaient les tiques. Comment en es-tu arrivée là?

— Je me suis laissé porter.

À midi, nous étions saoules. Lucía nous prépara un double expresso.

— Tu n'as jamais pensé à t'essayer à la littérature? lui demandai-je, la tasse de café entre les mains.

— Non, jamais.

— Tu as une plume entraînée et ce n'est

sûrement pas l'imagination qui te manque. Cette histoire de puces qui copulent, j'aime bien. Ça ferait une bonne BD ou un album illustré.

— C'est une passion sérieuse, ma Claire. Je pense que c'est plutôt toi qui as la veine littéraire, peut-être même que tu travailles déjà sur quelque chose sans le savoir.

— Je suis un peu vieille pour ça, répondis-je.

— Tu n'insistais pas sur le fait qu'on se portait à merveille ?

— Bon, pour certaines choses, c'est vrai, mais pour d'autres… Devine qui j'ai en consultation dans une heure ?

— Qui ?

— L'associé de ton ex-mari.

— Diazgranados ?

— Lui-même.

— Ce n'est pas normal.

— Je sais.

— Un musulman croit plus au petit Jésus que ce type à la psychanalyse.

— Je ne vois pas pourquoi un musulman ne pourrait pas croire au petit Jésus, rétorquai-je.

— S'ils ont fait ce qu'on raconte, ces types sont dangereux.

— Tu parles au pluriel.

— Je sais. Je doute qu'Eduardo soit innocent.

— Tu crois qu'ils seraient capables de tuer quelqu'un ? demandai-je en me sentant soudain très sobre.

— Je n'en sais rien. Mais ils n'ont pas l'air de plaisanter, répondit Lucía. Ils ont récupéré du fric grâce à des mises sous tutelle, des patients déjà morts, des médicaments et des traitements qui n'ont jamais été donnés… Ils trempent tous là-dedans jusqu'au cou. C'est une vraie porcherie. Le journal *La Recontra* parle de 3 billions de pesos volés. File à ton rendez-vous, merci d'être venue. Et ne m'appelle pas sur le portable si tu as quelque chose à me dire. Je ne plaisante pas.

— Alors fixons-nous un rendez-vous la semaine prochaine. Tu viens chez moi ? Je te raconterai ce que voulait Diazgranados et on réfléchira à ce que tu dois faire.

— Ça va être un cauchemar. Personne ne croira que je n'étais au courant de rien.

— Peut-être qu'on t'appellera pour te poser des questions, mais ensuite tout sera oublié, tu verras. Je peux te demander une chose ?

— Tout ce que tu voudras.

— Comment es-tu tombée amoureuse d'Eduardo ? Je ne comprends pas.

— Moi non plus. J'avais de la tendresse pour lui. Il avait l'air fragile, j'ai cru pouvoir l'épauler… Je n'en sais rien.

Nous nous serrâmes longuement dans les bras sur le seuil de sa porte.

— Tu te souviens de Karen, dont je t'ai déjà parlé ? Une de ses clientes est morte dans d'étranges circonstances après un rendez-vous galant avec Luis Armando Diazgranados, le fils d'Aníbal. Elle a été appelée à témoigner, l'informai-je.

— Et toi, qu'en penses-tu ? Tu crois que le gamin est impliqué ?

— Je n'en sais rien, à vrai dire. Mais ils sont peut-être plus dangereux qu'on ne le croit.

— Oui. Je doute qu'Eduardo se rende compte à quel point il fricote avec des criminels, dit Lucía.

— Tu le crois innocent ?

— Non, pas innocent. C'est sûrement un voleur en col blanc mais ce n'est pas un assassin.

— Dans ce cas, mieux vaudrait que tu le mettes au courant, lui conseillai-je. Il est peut-être plus naïf que tu ne le penses. Possible qu'il ne mesure pas le danger.

— Pourquoi ? Tu penses qu'ils pourraient s'en prendre à lui ?

— Je ne sais pas.

— Ils sont associés, mais c'est Eduardo qui est désigné comme coupable, dit Lucía.

— Exactement. Diazgranados pourrait craindre que Ramelli lui remette la faute sur le dos. Tu ne crois pas ?

— Ne me laisse pas tomber.

Nous nous serrâmes à nouveau l'une contre l'autre, puis je m'en allai.

31

Karen n'a pas l'habitude de regarder en arrière ; elle vit tellement au jour le jour qu'elle n'arrive pas à se souvenir des choses. Cependant, de temps à autre, un détail lui revient, même pour un instant seulement. Comme lorsque, chez l'un de ses clients dans le quartier de Santa Ana, elle avait longuement caressé les rideaux en pensant à la robe qu'elle aurait pu se fabriquer dans ce tissu. Parfois, une idée, une image ou une odeur lui rappelait qui elle était. Mais qui était-elle, au juste ? En se regardant dans le miroir, sur le point de sortir, avec ses cheveux lissés, ses bottes hautes, son sac et son pardessus, elle savait que cette Karen-là était une femme qui pouvait entrer dans un immeuble sans être scrutée de haut en bas, une femme qu'on appellerait « mademoiselle » ou « madame » sur un ton respectueux dû à sa tenue, à sa chevelure soyeuse et à la modulation de sa voix. Karen voulait être celle qui se regardait à présent dans le miroir en sortant de cet appartement au sol marbré et à la robinetterie dorée, pas celle qui caressait les rideaux en imaginant se tailler une robe dedans, ni celle qui se souvenait avec nostalgie de la chaleur collante d'un après-midi à Carthagène, de ce bouge où l'on dansait la salsa entre des murs suintants tandis qu'elle s'abandonnait contre le corps d'un homme, rien que pour se laisser fondre dans la musique sans avoir à prononcer un seul mot, libre d'aller s'asseoir à sa table une fois le morceau terminé. Malgré la faim, la peur, le manque de sommeil qui l'abrutissait tout en la maintenant sous tension, Karen voulait être cette personne grièvement blessée ; brisée, mais respectable.

C'est peut-être pour cela, à cause de ses efforts pour devenir cette femme en apparence riche et bien éduquée, à cause de son furieux désir d'être réellement celle que son image projette, que Karen prend plaisir à se balader au centre commercial Andino un dimanche matin, parmi les mères pressées de trouver un cadeau de dernière minute pour l'anniversaire d'une copine de leur fille, les enfants grassouillets installés sur les manèges, les personnes âgées faisant la queue devant le cinéma avec un tarif réduit pour retraités, les vitrines rutilantes et les hommes d'affaires en quête d'un cadeau de départ pour un collègue. Son apparente richesse suffisait à Karen pour se sentir intégrée parmi ceux qui l'avaient autrefois rejetée.

Ce fut aussi peut-être pour cela que l'appel de *doña* Josefina de Brigard la prit par surprise. Sa patronne lui demanda la référence du rouge à lèvres qu'elle portait depuis quelques semaines. Naïvement, Karen lui répondit avec enthousiasme. Puis Josefina lui demanda où elle avait acheté son pardessus, ses bottes et son sac. Et pour finir, elle lui dit :

— Le singe, même vêtu de soie, reste un singe.

Devant le regard hébété d'une Karen offensée, elle ajouta :

— Rien ne va ensemble, ma pauvre fille. Tu ressembles à la caricature de certaines femmes qui passent par ta cabine.

Karen demeura silencieuse, puis demanda :

— Je peux y aller, madame ?

— Vas-y, répondit Josefina de Brigard en fixant du regard la paperasse sur son bureau ; et elle ne releva plus les yeux sur elle.

Karen alla s'enfermer aux toilettes, mais cette fois, au lieu de pleurer, de se scarifier ou de m'appeler moi ou Wílmer, elle se regarda longtemps dans le miroir en essayant de comprendre quel faux pas elle avait fait ce matin-là en s'habillant.

32

Je suis arrivée chez moi avec dix minutes de retard. C'est Aníbal Diazgranados qui m'a ouvert la porte.

— Ma chère Claire, bienvenue.

Il m'a invitée à entrer dans la petite salle où je donne mes séances, puis il s'est installé à ma place, de manière à ce que je n'aie d'autre choix que d'occuper celle du patient. Je me demandais où était passée Luz, mon employée de maison, mais je n'osais le lui demander.

— Luz est allée à la pharmacie acheter des pilules pour ma tension, a-t-il répondu, comme s'il lisait dans mes pensées.

— Elle vous a laissé seul ici ?

— Disons que je sais me montrer persuasif.

— Avec des menaces ?

— Avec de l'empathie, a-t-il dit en me faisant un clin d'œil.

— Et comment la trouve-t-on, cette empathie ?

— Dites-moi plutôt, docteur Claire : faites-vous partie de ces dames qui maltraitent leur personnel ? Parce que c'est le cas de mon épouse, qui est pourtant quelqu'un de très bien, ne m'interprétez pas de travers. C'est juste que, jusqu'à présent, je n'ai jamais rencontré aucune femme qui ne le fasse pas.

— Qu'essayez-vous de me dire ?

— C'est comme ça que vous vous faites 300 000 pesos de l'heure ? En répondant à une question par une autre ?

— C'est que, monsieur le congressiste, vous devez également vous donner bien du mal pour gagner votre salaire, n'est-ce pas ?

— Disons que je me donne plus de mal que quelqu'un qui s'assoit dans un fauteuil pour poser des questions stupides.

— C'est ainsi que vous voyez ma profession ?

— Docteur, votre façon de m'interpeller traduit de l'agressivité.

Ses petits yeux de taupe brillaient, minuscules sur ce grand visage flasque encadré par un imposant double menton.

— Puis-je vous offrir un verre d'eau ?

— Oui, merci, m'a répondu Aníbal.

Je suis allée le chercher. Je me demandais comment il avait réussi à faire partir Luz. Je suis revenue avec le verre, il desserrait le nœud de sa cravate comme si l'air lui manquait. J'ai eu la tentation de le mettre dehors, mais je me suis retenue. Ensuite, j'ai failli lui jeter le verre d'eau au visage, mais je ne l'ai pas fait. J'ai été lâche. Je lui ai donné le verre, qu'il a bu à grands traits tandis que je réfléchissais à une manière de me débarrasser de lui, ici même, dans mon cabinet de consultations. Pourquoi pas avec ce chandelier en fer forgé, ou avec ce coupe-papier hérité de ma grand-mère ? L'homme-lamantin faisait du bruit en buvant. Ses mains étaient boudinées, velues, avec des doigts courts. Comment avait-il fait pour entrer, non seulement dans mon appartement mais aussi dans l'immeuble ? Luz avait des instructions strictes, comme toutes les employées de maison, de même que le gardien. Ce dernier ne pouvait laisser entrer personne sans l'autorisation d'un propriétaire ou d'un résident de l'immeuble.

— Pourquoi avez-vous pris rendez-vous avec moi ?

— Je vous ai vue dire bonjour à ma femme au mariage de la fille du ministre.

— Je ne comprends pas.

— Vous avez salué Rosario, ma femme.

— Nous fréquentons le même salon de beauté. Est-ce un crime ?

— Pourquoi ? Quelqu'un a parlé de crime là-bas ?

Entre la légère gueule de bois qui brouillait mes pensées, la peur et un excès de parfum dans l'atmosphère, j'ai soudain eu l'impression d'étouffer. Quelle odeur devait-il avoir quand il ne s'aspergeait pas d'un demi-flacon de patchouli le matin ? La nausée tourbillonnait dans mon ventre.

— Sachez que mon grand-père était engagé dans le Parti conservateur. Il me racontait comment, dans les années 1950, à l'époque de la Violence, il avait dû tâter de la machette et entraîner les pêcheurs à couper des têtes comme s'ils effeuillaient des marguerites. Vous saviez qu'une tête peut continuer à crier après avoir été coupée?

— Je l'ignorais, mais cela me paraît scientifiquement improbable.

— Vous ne trouvez pas ça amusant? a demandé Diazgranados en émettant une sorte de croassement.

— Honnêtement, non.

— Voyez, docteur, j'ai grandi dans une famille dure, on a toujours fait de la politique, on s'est défendus en montrant les crocs, comme les loups.

— Je ne comprends toujours pas où vous voulez en venir.

— C'est simple: on donne ce qu'on a reçu. On récolte ce que l'on a semé. Suis-je assez clair? a dit Aníbal.

— Vous me menacez?

— Vous faites décidément une fixation sur ce mot, docteur, il faudrait que vous creusiez la question.

— Le temps est écoulé, ai-je lancé en regardant l'horloge tandis qu'Aníbal sortait une liasse de billets.

— Je peux l'acheter. Une semaine, un mois, un an. Votre vie entière.

— Ça nc marche pas comme ça.

— J'ai l'impression que vous, et toute votre classe d'intellectuels et d'universitaires, vous aimez vous cramponner aux règles et à la paperasse, mais vous ignorez la réalité. Docteur, je vais vous le dire clairement : c'est vous qui refusez de voir comment les choses fonctionnent.

— Et quelle est cette réalité que j'ignore, selon vous ?

— La réalité, c'est qu'une tête continue de crier après avoir été coupée.

— Des menaces, encore.

— Appelez cela comme vous voudrez. Je dis juste qu'il y a des choses qu'il vaut mieux ne pas tester. Prenez-le comme un conseil d'ami.

— Je vous remercie, ai-je répondu. Et maintenant, partez.

— C'est vrai que ce qui est dit ici n'en sort jamais ? S'il en était autrement, je serais forcé de douter de votre professionnalisme.

Je n'arrivais pas à lui répondre. Ma gorge était complètement paralysée. Je tremblais. Laborieusement, je me suis levée de ma chaise pour aller lui ouvrir la porte.

— S'il vous plaît, ai-je dit.

Avant de sortir de chez moi, il a conclu par :

— Il paraît que vous avez une bonne copine, Karen Valdés, elle n'est pas grand-chose, mais vous avez à son égard cette attitude du colon qui se pique d'aider les pauvres gens. Un conseil, docteur : laissez cette fille se débrouiller avec son destin. Son cas est déjà réglé, il n'y a plus rien à faire. Quiconque essaiera d'interférer se brûlera les ailes.

— Qu'est-ce qu'elle a fait ?

— Karen n'est pas celle que vous croyez. Karen Valdés est une prostituée et une criminelle.

— Mensonge. Qu'allez-vous lui faire ? ai-je demandé, la voix brisée.

— Madame Dalvard, du calme. Réjouissez-vous que votre fille et vous-même soyez libres et en bonne santé. Et maintenant, vous comprendrez qu'un membre du Congrès qui s'absente d'une séance plénière, cela peut avoir des conséquences néfastes pour la patrie et la République. Nous sommes justement en train de débattre de projets d'immense envergure, comme la réforme de la santé, ainsi que du Cadre juridique pour la paix, voyez-vous. C'est pourquoi, je vous demande, madame, de ne pas m'obliger à revenir ici. Pour votre bien, le mien et celui de la patrie. Une dernière chose avant de vous quitter : savez-vous quel médicament je pourrais prendre pour maigrir ?

— Non, ai-je répondu.

— Bien sûr. Je m'en doutais. Votre formation de « médecin » ne sert qu'à soigner des maladies imaginaires.

Il s'est levé cérémonieusement de sa chaise ; quand j'ai ouvert la porte, j'ai vu Luz qui tenait timidement un petit paquet devant la porte de la cuisine.

— Merci, ma sœur, lui a dit Aníbal en faisant la révérence.

— Merci à vous, mon frère. Ce fut un honneur de vous servir, a répondu Luz.

— Comment il est entré ? me suis-je empressée de lui demander dès que j'ai refermé la porte.

— C'est le pasteur. Il est membre du Congrès et pasteur.

— Ce type a dit ça et vous l'avez laissé rentrer.

— Oui, madame.

— Pourquoi ?

— Parce qu'il appartient à ma congrégation.

Mes haut-le-cœur m'ont aussitôt précipitée aux toilettes, où j'ai rendu tous les whiskies que j'avais bus avec Lucía. Il était à peine 14 heures, j'avais encore quatre patients à voir avant la fin de la journée. Après avoir fait des gargarismes, j'ai lissé ma jupe devant le miroir, replacé ma mèche de cheveux derrière mon oreille et je suis retournée dans ma salle de consultation, pour m'asseoir cette fois dans mon fauteuil en cuir.

L'après-midi a passé lentement. J'écoutais mes patients comme s'ils étaient derrière une vitre ou dans un aquarium, et que leurs voix étaient déformées et lointaines. Lorsque la dernière séance s'est enfin finie, je me suis allongée sur mon lit pour regarder les infos. Devant les images de tempête hivernale, de gens s'enfonçant dans la boue, sans toit ni nourriture, je me suis surprise à réfléchir à ma relation avec Luz, construite d'après une série de rituels intégrés depuis l'enfance. Elle avait appris à baisser la tête, à dire « oui, madame », « non, madame », « à quelle heure voulez-vous déjeuner aujourd'hui, *doña* Claire ? » ; quant à moi, j'avais appris à donner des directives, la tête haute, la voix tendue comme une corde raide : « votre poulet est très réussi », « vous pouvez disposer », « n'oubliez pas de passer l'aspirateur dans le cabinet». Et Luz, tête baissée, éduquée à acquiescer, s'exécute, acquiesce, sourit, acquiesce, sourit. J'avais ressenti une certaine honte en m'apercevant qu'Aníbal avait réussi à établir une relation humaine avec elle en quelques secondes, plus profonde qu'avec moi, qui la voyais presque tous les jours depuis un an et demi. Qu'est-ce que je sais de Luz? Qu'elle vient de Cómbita, qu'elle a un fils et deux petits-enfants. Voilà tout. Je ne sais même pas si elle sucre son café.

33

Karen avait été violée et sa thérapie consistait à se faire mal sans arrêt. Avec le temps, à force de se démolir, elle était devenue plus résistante. L'obéissance était pour elle une forme d'autodestruction.

Il y avait une fissure dans le mur. Elle faillit le faire remarquer à Eduardo, mais elle se retint. Il lui caressait tendrement le visage, les yeux dans le vague. Karen le trouva plus vieux que jamais.

— Tu me plais beaucoup, dit-il en lui caressant l'épaule.

C'était le 29 octobre, deux jours avant l'anniversaire de Lucía, d'Halloween et de l'apparition d'Eduardo dans les tabloïdes l'accusant d'avoir détourné près d'1 billion de pesos sur les 3 billions volés à la sécurité sociale.

— Il faut que je te demande un service, annonça-t-il.

— Je t'écoute, répondit Karen, impatiente d'aller prendre une bonne douche.

— Tu voudrais bien m'aider à stocker un peu d'argent ? Une ou deux semaines, pas plus.

Karen ne répondit pas.

— Si ça peut te rassurer, je te raconte toute l'histoire. Pour que tu saches que j'ai confiance en toi et que je ne te ferai aucun mal.

— Quelle histoire ?

Eduardo lui raconta comment, le matin du 23 juillet, allongé dans le canapé de son ex-femme avec la gueule de bois, il avait reçu à l'aube l'appel d'un proche lui demandant de le couvrir dans une affaire de jeune fille assassinée.

Il lui fit le récit de leur rendez-vous au supermarché de nuit, quand ils avaient décidé de monter un plan pour maquiller le cadavre. Il lui parla aussi du médecin impliqué et du chauffeur de taxi, avec lesquels il s'était entretenu personnellement. Karen le regardait comme si elle le voyait pour la première fois. Il lui semblait impossible que ce complice de meurtre puisse être l'auteur des livres qu'elle lisait. Elle se sentait à la fois désabusée et prisonnière de sa propre histoire.

Karen devina que ce dangereux associé n'était autre qu'Aníbal Diazgranados, le père de Luis Armando. Pour finir, comme s'il parlait de quelqu'un d'autre, Eduardo ajouta :

— S'il arrive quelque chose, sache qu'Aníbal Diazgranados, le congressiste, est mon associé. Va le voir. Il sait que c'est toi qui as l'argent.

« Je ne lui ai pourtant pas encore dit si j'acceptais de le garder, son fric », pensa Karen, sans oser s'exprimer. Au lieu de cela, elle demanda :

— Un rapport avec Luis Armando Diazgranados ?

— C'est son fils, répondit Eduardo. Tu l'as eu comme client ?

— Non, répondit-elle.

Et bien que la question l'ait offensée, elle n'en dit pas davantage.

— Bon, ça ne m'étonne pas, il paraît qu'il est pédé, déclara Eduardo en passant un peignoir de soie.

Karen se demanda si ce pouvait être un autre Luis Armando que celui avec lequel Sabrina avait eu rendez-vous. Sous la douche, elle pensa à ce qui risquait d'arriver si elle refusait de garder l'argent d'Eduardo. En sortant, elle entendit des voix dans le salon. Elle s'habilla précipitamment en prenant la décision de tout me raconter. Debout, deux hommes l'observaient, une grande valise à leurs pieds. À cet instant précis, elle comprit pour la première fois qu'elle pouvait être en danger.

— Karen, ma chérie, ces messieurs vont t'accompagner chez toi pour aller mettre l'argent en sécurité.

C'était une valise assez grande pour contenir soixante-dix kilos. L'un des deux hommes la regarda de haut en bas avec condescendance. Il était armé.

— Ta mission est simple, tu mets ça en lieu sûr et tu attends que soit l'un de ces messieurs, soit moi-même venions la chercher.

Karen me raconta qu'elle avait alors supplié Eduardo du regard, sans résultat. Il lui avait fait un clin d'œil et un sourire en disant :

— Allez, Piccolina, tout va bien se passer.

34

Il ne restait que deux jours avant le résultat de l'analyse graphologique qui déterminerait si le mot découvert dans la chambre de Sabrina avait bien été écrit par Luis Armando Diazgranados. Ensuite, ils auraient besoin d'une autorisation signée par le procureur pour avoir accès au dossier clinique de San Blas ; une fois la preuve donnée, ils pourraient demander que Luis Armando Diazgranados soit interrogé et que ses appels téléphoniques soient examinés.

Jorge Guzmán faisait les cent pas dans le salon de son ex-femme, où ils s'étaient réunis. Ses yeux étaient injectés de sang. Consuelo Paredes se frottait les mains et se parlait à elle-même. Elle fronçait les sourcils et ne semblait pas suivre la conversation.

— Maître, dites-moi que vous allez y arriver.

— À quoi, docteur Guzmán ? répondit l'avocat.

— À attraper l'assassin.

— Je ferai tout ce qui est en mon pouvoir.

Consuelo s'approcha et servit une infusion à son ex-époux.

— Ah, Jorge, lui dit-elle. Il aurait mieux valu ne jamais connaître le nom de ce type, nous aurions été plus tranquilles.

— Il y a autre chose, l'interrompit Kollak. Je crois que je tiens notre chauffeur de taxi. J'en ai parlé en toute confidentialité avec des connaissances et je suis parvenu à resserrer les mailles du filet sur trois individus : ils travaillent tous dans le secteur et font parfois ce genre de petits boulots.

— Des taxis tueurs à gages ?

— Ils préfèrent le terme « prestataires ».

— Et vous les avez déjà localisés tous les trois ? demanda Guzmán.

— J'en connais un, parce qu'il a fricoté avec de gros poissons. Le jeudi, il joue au ping-pong dans un bar de Chapinero.

— C'est-à-dire demain, ajouta Guzmán.

— Exactement. Demain, j'irai rendre une petite visite à cet homme, je vous tiendrai informés dès que je me serai entretenu avec lui.

— Et le médecin ? demanda Consuelo.

— Le médecin refuse de parler.

— Et si on le faisait parler ? proposa Guzmán.

Consuelo lui lança un regard étonné.

— Je ne fais pas ce genre de travail, mais si vous voulez, je peux vous trouver quelqu'un, répondit Kollak.

Jorge Guzmán resta silencieux, mais il y avait une telle rage sur son visage qu'un bruit sourd se répandit dans la pièce comme une migraine.

35

J'ai appelé Lucía pour lui raconter en détail mon rendez-vous avec Aníbal Diazgranados. J'étais terrifiée.

— Ça ne peut pas être sérieux, Claire.

— Et s'il faisait du mal à Eduardo ? Ton ex n'est pas bien vif.

— Je l'appelle toute suite, m'a répondu Lucía.

Une heure plus tard, je l'ai rappelée.

— Tu as eu Eduardo ?

— Il ne répond pas, il doit jouer au golf.

— Tu me tiens au courant ?

— Dès que je l'aurai eu.

Il n'a pas répondu aux nombreux appels de Lucía, ni cet après-midi-là, ni le lendemain, ni le surlendemain ; et il ne la rappelait pas. Si l'une de nous avait vraiment pensé qu'Eduardo ait pu être en danger, peut-être aurions-nous agi différemment, peut-être serions-nous parties à sa recherche. Mais nous ne pouvions pas imaginer cela. Lucía lui a laissé des messages sur sa boîte vocale. D'abord du style : « Rappelle-moi dès que tu peux, s'il te plaît», et puis: «Eduardo, c'est à propos de Diazgranados, réponds, je t'en supplie.» Mais il ne répondait pas. Et quand il l'a enfin fait, c'était ce fameux 31 octobre; il était en route pour son rendez-vous avec le docteur Venegas.

— Eduardo, tu es au courant qu'Aníbal est allé chez Claire et l'a menacée de mort?

— Qu'est-ce que tu racontes?

— Il a menacé de la tuer.

— Mais qu'est-ce que c'est que cette histoire? a-t-il répondu avant d'éclater de rire. Tu sais quoi, ma vieille, aujourd'hui c'est Halloween, et c'est vrai que ces jours-ci on est abonné aux histoires d'horreur, mais détends-toi, bois un bon chaï, mets des grosses chaussettes…

— Pourrait-on parler sérieusement une seule fois dans notre vie?

— Je te jure que je suis sérieux, très sérieux… Donne-moi quinze minutes, je me gare, je me dépêche, je te rappelle tout de suite.

— Eduardo, fais attention, hein?

— C'est à cause de ton feuilleton d'hier soir que tu es stressée comme ça?

— Je ne regarde pas de feuilletons, je regarde des séries.

— Bref, une de ces conneries qui te ramollissent le bulbe, mon chou. Éteins ta télé.

— Tu as l'air content, a remarqué Lucía.

— Je vois une petite nana de temps de temps qui réchauffe mon lit.

— Pas possible, quelle surprise.

— Tu es pénible. Je te rappelle. Et *by the way*, joyeux anniversaire, mon chou.

— Je pensais que tu avais oublié.

— Comment ça ? Mais c'est un jour spécial pour l'humanité tout entière ! a rétorqué Eduardo.

— Tu dis ça à cause de l'article dans *La Recontra* sur tes magouilles avec l'argent du Trésor public ?

— Tais-toi, ma vieille. Voilà pourquoi je ne réponds pas au téléphone ! a-t-il dit avant de raccrocher.

Deux heures plus tôt, il était allongé dans son canapé, la chemise ouverte et le pantalon baissé. Malgré le scandale, il avait l'air heureux. La valise était en sécurité, il était rassuré. Dans le pire des cas, il serait assigné à résidence un an ou deux, puis ils seraient tranquilles, lui et son argent. Cela en aurait valu la peine.

Son torse était couvert de poils blancs. Il était en forme, Karen le trouvait détendu. Les yeux fermés, il la laissait faire. Tout reviendrait bientôt à la normale. Il caressa la tête de Karen, qui s'efforçait maintenant de sourire.

— Que ferais-tu avec tout cet argent, si c'était le tien ? lui demanda-t-il sans cesser de la caresser.

Elle haussa les épaules.

— Ça finirait par m'apporter des problèmes, répondit-elle dans un demi-sourire.

— Mais qu'est-ce que tu aimerais en faire ?

— Je partirais très loin.

— Tu pourrais partir très loin et faire plein d'autres choses, c'est une somme énorme.

— J'ai toujours voulu le faire dans une piscine, lui dit soudain Karen, évasive, en se relevant. Tu l'as déjà fait, toi ?

— Ce n'est pas si extraordinaire que ça, répondit Ramelli. Mais si tu veux, on peut aller essayer maintenant, pour que tu ne restes pas dans l'ignorance.

Karen lui sourit.

— Ou peut-être que tu préfères à aller à une fête d'Halloween ? Ce n'est pas ça qui manque, ajouta-t-il.

— Je déteste me déguiser. Bon, allons-y, lui dit-elle en prenant sa main.

Elle était touchée que, Eduardo, à presque soixante-dix ans, la prenne par la main pour l'emmener à la piscine réaliser un fantasme d'adolescente. Jusqu'à présent, elle n'avait fréquenté que des piscines bondées.

Ils sortirent de l'ascenseur, enlevèrent leurs peignoirs et se glissèrent dans l'eau. À travers la verrière, ils virent les lumières de la ville se répandre vers l'ouest.

— Que sommes-nous l'un pour l'autre ? lui demanda Eduardo après un long baiser.

— Je suis la fille qui surveille ta valise, lui répondit Karen, puis elle poussa un petit cri en voyant entrer une femme entre deux âges, qui les regarda de travers sans dire bonjour, posa son peignoir sur l'une des chaises disposées autour de la piscine et rentra dans l'eau.

— Ce n'est pas notre jour de chance, dit Karen en remettant correctement son haut de maillot de bain.

— Tu me crois si je te dis que ça fait plus d'un an que j'habite ici et que je n'étais jamais venu à la piscine avec personne ?

Avant de sortir, Eduardo la prit par la taille.

— Tu me plais beaucoup, lui dit-il en la regardant dans les yeux.

Karen éclata de rire.

— Ce que tu peux être insensible, grommela Eduardo.

— Pardon, répondit Karen sans cesser de rire.

Eduardo la tira par le bras et la colla contre lui.

— Je vais te baiser jusqu'à t'en faire exploser la tête.

Karen se tut. Elle sortit de la piscine en silence, se sécha avec sa serviette en observant la femme aux jambes blanches et potelées nager sur le dos.

— Il est tard, dit-elle, subitement anxieuse.

— Presque 20 heures.

— Oui, donc il est tard.

— Monte un moment.

— La journée a été longue, je voudrais rentrer chez moi.

— Bien sûr, tu vas aller compter les billets qu'il y a dans la valise, si jamais tu ne l'as pas déjà fait hier.

Ils montèrent ensemble dans l'ascenseur, pieds nus dans cette cage de verre qui surplombait Bogotá. Karen se sentit très lointaine, comme déconnectée. Une envie de vomir l'envahit, accompagnée d'une sensation de sécheresse dans la bouche et de tachycardie. Elle ressentit une douleur dans la poitrine et se mit à hyperventiler. Elle ne s'était pas sentie dans cet état depuis des jours. Eduardo fixa ses chevilles écorchées, puis ses poignets ; il semblait ne s'en apercevoir que maintenant. Les portes de l'ascenseur s'ouvrirent, Karen avait les mains moites. Il l'aida à entrer dans l'appartement, l'allongea sur le lit, alla lui chercher un verre d'eau dans la cuisine. Karen n'arrivait pas à reprendre son souffle. Eduardo appela le docteur Venegas sur son portable pour lui demander quoi faire.

— Et il y a besoin d'une ordonnance pour ça ?

— Je me sens un peu mieux, lui dit Karen, dont le cœur battait encore trop vite.

Il n'était pas 21 heures lorsque Eduardo se décida à aller chez Venegas, qui devait lui donner quelque chose pour Karen.

— Je reviens tout de suite, ne bouge pas d'ici.

Karen alluma la télévision, elle eut la surprise de tomber sur une vieille photo d'Eduardo : « Tout porte à croire que le responsable de cette arnaque serait le célèbre auteur d'ouvrages de développement personnel. »

Karen le rappela, cette fois-ci pour l'informer qu'il passait aux informations, mais il ne répondit pas. Au quatrième appel, un policier décrocha, il lui demanda quelle était sa relation avec la victime.

— Quelle victime, monsieur ? demanda Karen en se redressant.

— Le mort, mademoiselle, excusez-moi de vous l'annoncer de cette manière, mais le propriétaire du téléphone sur lequel vous appelez a été retrouvé criblé de balles à l'angle de la 76e et de la 5e, aux côtés d'une autre victime identifiée comme Roberto Venegas, chirurgien de l'hôpital San Blas.

Il était tout juste 22 heures. L'officier de police continuait de parler, mais Karen n'écoutait déjà plus.

36

C'était la deuxième fois qu'elle allait à une messe funèbre en quatre mois. Elle avait l'impression que sa vie pouvait se résumer à ce laps de temps. Elle s'habilla du mieux qu'elle put, malgré son découragement. Elle employa le peu d'énergie qui lui restait à se faire un chignon haut, à mettre du rouge à lèvres couleur terre et à choisir des chaussures adéquates, un haut pas trop décolleté, son pardessus Massimo Dutti et le petit sac noir Carolina Herrera offert par Eduardo, qu'elle n'avait encore jamais porté. La première fois qu'elle l'avait vu, c'était justement à l'enterrement de Sabrina Guzmán. Si elle avait fait attention aux signes, elle aurait peut-être compris qu'il ne fallait rien espérer d'une relation avec un homme qu'on rencontre à un enterrement. Peu de temps s'était écoulé depuis, pourtant Karen avait du mal à se souvenir de ce jour pluvieux où elle s'était rendue aux funérailles de sa cliente. Elle sentit que la personne qui entrait aujourd'hui dans l'église de l'Immaculée Conception était devenue quelqu'un d'autre.

Il y avait foule. Karen choisit le dernier rang, sur le côté. Des hommes bien habillés, des gardes du corps, des 4×4 blindés à l'entrée de l'église, vitres teintées, peu d'enfants, quelques jeunes, beaucoup d'admirateurs. On en avait parlé à la radio et à la télévision nationale. La presse avait essayé d'interroger Lucía, qui semblait peu encline aux déclarations. Les adieux du « grand guide spirituel colombien des laissés-pour-compte de l'émotion », avait écrit un journaliste. Karen n'écoutait pas le prêtre. Elle n'entendit pas non plus lorsqu'un militaire en uniforme répéta trois fois le mot « amour » en levant le poing. La toux d'un vieil homme résonnait entre les murs de l'église. Le chœur chantait faux. Tout semblait mensonger, artificiel.

Cette dissonance générale était peut-être due à la manière atroce dont Ramelli avait été assassiné. Lui qui était un homme si élégant (ou qui prétendait l'être) avait été retrouvé en jogging, tué à bout portant au coin d'une rue du quartier chic de Rosales, où on l'avait laissé mourir par terre comme un chien à la vue des curieux, jusqu'à ce qu'une bonne âme se décide à prévenir la police. Tout cela ne semblait qu'un grossier malentendu. Quand le militaire eut fini, une femme au visage brûlé à l'acide monta discrètement sur l'estrade, elle attrapa le micro et raconta qu'Eduardo lui avait appris à survivre, et que, si elle ne s'était pas mis une balle dans la tête, c'était grâce à lui.

Quelques personnes l'applaudirent timidement. L'épouse de Diazgranados pleurait, inconsolable. Karen sentit à nouveau sa gorge se nouer en voyant qu'il s'agissait d'une de ses clientes, Rosario Trujillo.

Elle me raconterait plus tard que, pendant toute la cérémonie, elle avait ressenti la chaleur étouffante d'un début d'après-midi à Carthagène, dans le bus avec la voix du type qui annonçait les stations: « María Auxiliadora », « Blas de Lezo », « Castellana », puis elle s'était laissé emporter par les odeurs de nèfle, de poisson grillé, sous un soleil qui gommait les contours des choses pour les couvrir d'un flou doré, onctueux comme du lait de coco ou du jus de mandarine, pendant qu'un homme vendait des bananes pour 1000 pesos à la fille assise à côté d'elle, qu'un autre proposait un dictionnaire scolaire anglais-espagnol aux passagers et qu'une vieille dame disait à son petit-fils qu'elle ne dépenserait pas 2000 pesos pour un dictionnaire, le petit-fils lorgnait aussi les crayons que vendait un Noir dans ce grand bus déglingué comme une baleine hors de son élément, avec plus de fumée que de temps devant lui et moins de passagers que de vendeurs ambulants; le type des surligneurs fluo, celui des almanachs Bristol, celui de l'eau fraîche, de l'eau de coco, des porte-clés, des coques de téléphone, des décalcomanies, des magazines, des amulettes, des biscuits; au moment où Karen veut descendre, le jeune homme recommence à hurler la destination sous cette chaleur suffocante qui imprègne les ongles de crasse et empêche de respirer. De cette chaleur, les gens en souffrent aussi dans le bus d'à côté qui va au même endroit, aussi vide que le sien, avec six, sept ou huit passagers. Ce sont de vieux bus en mauvais état qui comptent sur des icônes de la Vierge del Carmen, du Divin Enfant, de la Guadalupe ou de Jésus-Christ pour se remplir, et ceux qui affichent « le Christ est Vivant » sont en concurrence avec ceux de la Vierge del Carmen, parce que tous ces bus voudraient arriver en premier, mais il n'y a qu'une seule voie et elle est en travaux, la deuxième a été condamnée pour y installer la station de bus, bien qu'elle ait ensuite été abandonnée, les vitres sont cassées, elle est pleine de détritus et quand on se promène sur le marché de Bazurto, on peut lire sur les stands : *Dieu protège cette boutique*, *Jus de fruits Sang du Christ* et *Viande Que Dieu vous garde*, il y flotte une odeur de mort, d'abats, de porc, de poisson, de tripes, de viscères qui traînent par terre, de cadavre de vaches et de cochons sur lesquels marchent pieds nus les Noirs qui nettoient les entrailles des animaux au moment où passe une charrette baptisée « Petite Karen », alors elle se demande ce que ça ferait d'avoir un père qui travaille sur un marché, ou ailleurs, et qui aurait appelé sa charrette « Petite Karen », un père qui saurait préparer les *arepas* à l'œuf, des *carimañolas* de manioc, du *peto* bien frais avec plein de cannelle, maintenant à Carthagène tout a l'air d'un grand bâtiment blanc aux vitres bleues, toutes, toutes, toutes les vitres sont bleues, disait sa mère, comme si ça n'existait pas du verre jaune, vert, rouge ou transparent, hum, disait sa mère, hum, disait Karen, mais autant de bus qui vont aux mêmes endroits, et cet embouteillage sous la canicule, et cette odeur de terre de mer, de sueur de mer, d'eau de mer, dans un fond de *champeta*, la *champeta* de la Boquilla, dans une discothèque d'El Bosque, et voir le quartier exploser sous les haut-parleurs, faire la sieste dans le fauteuil à bascule pendant que maman prépare des boulettes de tamarin devant la maison en disant «ma petite, si tu me cherches, tu vas me trouver», parce que personne ne l'appelle plus «ma petite», plus personne ne la cherche ni ne la trouve, elle-même ne s'est jamais trouvée, et elle sait encore moins où se chercher, de plus en plus perdue, à la fois ici et là-bas mais nulle part en même temps, à Bogotá personne ne joue aux cartes à l'ombre d'un manguier, ici il n'y pas de calebassier, pas d'église pentecôtiste avec le manguier à l'entrée, pas de parc, pas de Nouvelle Église du Christ Rédempteur, pas de stand de *bollos* de maïs, ici il n'y a rien, pense Karen, ni Emiliano ni sa mère, ici il n'y a que des enragés et la mort qui rôdent sous un ciel de plomb, elle sent la chaleur et elle sue parce qu'elle a un goût de tamarin dans la bouche, mais pas de tamarin sec, non, le bon goût des petites boulettes sucrées que sa grand-mère préparait quand elle était petite et qu'elle avait encore une grand-mère et qu'elle voulait devenir reine de beauté, avant la *champeta* et sa première communion, avant de penser au sexe et d'apprendre qu'avant le mariage, c'était un péché, avant d'aller à la messe dans son quartier, de se signer devant n'importe quelle église, peu importe le credo, avant d'être la première de la classe, de vouloir devenir esthéticienne (si elle en eut un jour vraiment eu envie), avant la fièvre en écoutant Harry Flow, avant de s'enticher de ce vilain Noir, tomber enceinte, redevenir ce qu'elle avait été, comprendre qu'elle ne pourrait pas échapper à elle-même, que c'était comme ça et voilà tout, ce corps comme une oasis, une gazelle, ce minois apeuré, cette tristesse alanguie, cette fierté perdue, cet orgueil n'ayant pas trouvé d'assises en ce monde, ces envies d'arriver quelque part sans avoir où aller, un autre oiseau sans arbre dans une ville de ciment sans épiceries, ni petits commerces, ni machines à sous, ni ville parallèle à l'intérieur d'une muraille où la royauté monégasque et les acteurs hollywoodiens passent leurs vacances, cette ville fortifiée qui ne lui appartiendrait plus puisqu'elle était aux touristes et aux rares familles riches qui restaient ; à Bogotá pas de concert de musique classique dans la rue, pas de calèche baladant un couple d'amoureux canadiens, ni de cochon, là dans une cour, comme si de rien n'était, ni de linge mouillé qui sèche au vent accroché aux grilles, puisque des grilles, pour se protéger du dehors en s'enfermant dedans, il n'y en a pas, à Carthagène pas de toits avec du verre pilé pour dissuader les voleurs, ni de chiens, malgré sa mère qui disait : « Si tu donnes du poisson à un chien qui n'est pas des terres chaudes, il attrapera la gale », comme si elle avait déjà eu un chien des terres froides, comme si elle était déjà allée dans le Sud, comme si elle s'y connaissait en chiens ; Karen se dit qu'elle est un animal des terres chaudes et se redemande ce qu'elle fait dans ce frigidaire, pourquoi elle est venue à Bogotá apprendre à parler avec lenteur et préciosité, à sourire et se montrer faussement aimable, manger des *almojábanas* au lieu de *carimañolas*, oublier qui elle est vraiment, son Emiliano était maintenant plus loin que jamais, son Emi qui disait que personne ne lui massait les pieds aussi bien que sa maman chérie, parce qu'il l'appelait « maman chérie » et parfois même « ma petite maman chérie » quand il avait ses phases câlines, et dire qu'elle n'avait pas touché ses pieds depuis presque un an, un quart de la vie d'Emiliano, râlait sa mère, ça fait un quart de la vie de ton fils que tu es partie. Karen fixe les portes de l'église d'un air absorbé, un groupe de personnes est resté dehors avec des pancartes *Grand maître de tous les maîtres, vous ne mourrez jamais* et *Gardez-moi une place au Ciel*, entre autres messages d'adieu à Ramelli. Karen les regarde comme si elle n'était pas là et se rappelle qu'Eduardo est mort. Reviennent alors sa nausée et ce bus secoué sur l'avenue Pedro de Heredia, et sa mère qui dit « les femmes de couleur vendent des fruits sur la plage », comme si elle n'était pas elle aussi « une femme de couleur », et pourquoi avoir peur de dire « une Noire » ? Les gens sortent, la pluie tombe plus fort et les 4×4 garés le long de l'avenue démarrent bruyamment tandis que Karen reste assise pour observer sans être vue, elle transpire, elle colle, l'odeur du tamarin revient, elle se retrouve encore sous la pluie, toujours la pluie et la fumée de cette ville grise, et la poussière grise, les nuages gris, les costumes gris des employés de bureau, le smog gris, cette saloperie de *grisitude* d'une ville qui va la faire mourir de tristesse, mais si elle avait un père… Dit-on *gris*, *griseur* ou *grisitude* ? Si elle avait un père, il aurait la réponse ; et s'il n'en savait rien, qu'est-ce que ça pouvait foutre ? Si elle avait un père, elle n'aurait pas l'impression de mourir, ou d'être déjà morte et d'errer dans la rue comme un fantôme, voilà pourquoi on lui marche sur les pieds, pourquoi on lui donne des coups de coude et de pied dans le Transmilenio, parce que personne ne la voit, Eduardo l'avait vue, Eduardo l'avait caressée donc il l'avait vue, il l'avait payée et il l'avait baisée comme le font les vivants, mais aujourd'hui il était mort. Elle tire la langue et sent l'air râpeux. L'air lourd et toxique. Une pluie d'aiguilles. Elle monte dans un bus et, cramponnée à la barre métallique, elle sent à nouveau cette odeur de sueur concentrée. Peut-être qu'elle est vivante après tout. Elle est vivante parce qu'elle sent que ça pue. Vivante parce qu'elle s'est fait sauter par plus de quarante-sept types en seize semaines, vivante parce qu'un gros frustré dégueulasse l'a violée. Elle est vivante, mais pas pour les bonnes raisons.

37

L'appel de Kollak lui coupa le souffle. La première personne que Consuelo Paredes appela fut Jorge, qu'elle pria de venir de toute urgence.

— Je suis à Abastos.

— D'accord, fais au plus vite.

— Laisse-moi juste le temps d'arriver, répondit-il avant de raccrocher.

En attendant, Consuelo, les mains tremblantes, ouvrit son agenda et appela leur avocat, qui ne décrocha pas. Puis elle chercha le numéro de la Société nationale de psychanalyse, qui lui transmit mes coordonnées. Elle m'appela dans la foulée, mais comme je ne répondais pas, elle laissa un message sur ma boîte vocale : « Je vous appelle de la part de Karen Valdés, je suis la maman de Sabrina Guzmán. Rappelez-moi, s'il vous plaît », en finissant par son numéro. Elle rappela l'avocat.

— Je vais devoir abandonner l'affaire, lui annonça-t-il.

— Comment ? Juste au moment où on tient quelque chose ?

— Oui, pardonnez-moi.

— Que s'est-il passé ?

— Des raisons de force majeure, madame Consuelo.

— À d'autres, maître, rétorqua Consuelo, puis sa voix s'éteignit.

— Ce matin, j'ai reçu un petit cercueil chez moi. Dedans, il y avait le nom de mon fils et celui de votre fille. Je vous en prie, essayez de me comprendre, dit-il avant de raccrocher.

Consuelo tenta de le rappeler mais ce fut inutile.

Elle chercha le numéro de ce policier de la Criminelle avec qui elle avait déjà parlé deux fois.

— Madame Consuelo, je pensais justement à vous, je voulais vous mettre au courant : quelqu'un pirate le Facebook de votre fille. Mais je n'arrive pas à en savoir plus pour le moment. Il se trouve qu'un nouveau procureur a été mis sur l'affaire, on vient de me prévenir. Ce qui veut dire qu'une nouvelle équipe va être nommée et qu'il est probable que je sois missionné ailleurs.

— Mais pourquoi ? Personne ne m'a prévenue…

— Tout ce qu'on vous dira ne sera que mensonge, chère madame. Désolé, on m'appelle.

— Pourquoi font-ils ça ?

— Possible que quelqu'un soit en train d'essayer de faire porter le chapeau à un innocent pour détourner l'attention du vrai coupable. Excusez-moi, madame, mais je dois raccrocher.

Consuelo resta plantée là, le combiné contre l'oreille, ahurie.

38

Elle arriva à la Maison de la Beauté en laissant une flaque d'eau dans l'entrée, et, sous le regard insolent d'Annie, elle alla s'enfermer dans les toilettes du rez-de-chaussée. Elle croisa les doigts pour que l'après-midi soit chargé, même si c'était un mardi, afin de ne pas être obligée de discuter avec ses collègues. Susana lui manquait. Elle pleura en allumant le sèche-mains pour masquer le bruit de ses sanglots, avant d'aller se fondre dans ce groupe de femmes qu'elle trouvait chaque jour plus vieilles et opaques.

Elle agissait comme un automate. La panique l'envahissait régulièrement. Elle cédait à la tentation de se faire du mal. Une image persistante d'elle-même se scarifiant le mollet au scalpel jusqu'à tailler dans le muscle la poursuivait. Quand ce n'était pas cela, elle imaginait qu'elle se coupait un doigt, ou une oreille. Ensuite, lorsqu'elle se regardait, elle voyait qu'elle avait une blessure à la cheville ou au coude. Elle ne se rappelait même pas se l'être faite.

Karen montait l'escalier quand l'incomparable voix nasillarde de Karen Ardila l'interrompit.

— Pocahontas, c'est toi ?

Elle ne s'arrêta pas. Mais à peine Karen eut-elle refermé la porte de sa cabine qu'Annie la sonna pour la prévenir que *doña* Karen était sur le point d'arriver.

Karen Ardila se déshabilla en laissant tomber ses vêtements par terre. Elle ne lui tendit que sa veste et son sac. Karen se sentait humiliée mais préféra éviter la confrontation.

— Que désirez-vous aujourd'hui ? lui demanda-t-elle en ramassant sa culotte, son soutien-gorge, son haut et ses chaussures.

— Le maillot. Intégral.

— Juste un petit instant, *doña* Karen, que je chauffe la cire.

Elle se dépêcha, coupa les bandelettes et décida de faire l'impasse sur la couverture chauffante ; pour leur bien à toutes les deux, elle allait procéder rapidement. La nudité de ce corps qu'elle devait tourner dans un sens puis dans l'autre, ses imperfections, son grain de beauté sur la hanche, son pubis peu poilu, sa tache de naissance près de la vulve, l'humidité, tout cela lui donnait la nausée.

Elle voyait ce sexe devant elle, ce sexe rouge, humide, béant sous son nez comme une menace, comme une insulte empestant le poisson pourri, parce que oui, voilà ce que ça sentait. *Doña* Karen l'appela par son prénom.

— Karen ? Vous allez bien ? Vous êtes en sueur.

Karen aurait aimé lui répondre, la remercier de l'avoir appelée par son prénom, car c'était une première, mais il était déjà trop tard : du coin de l'œil, elle avait vu ses propres cheveux onduler dans le miroir et elle sentit la rage monter. Tant d'efforts. Ses haut-le-cœur ne lui laissèrent pas le loisir de répondre à *doña* Karen, et elle n'eut d'autre choix que de quitter la cabine, dérogeant à l'une des règles du salon, en priant pour arriver à temps aux toilettes, où elle vomit la boule de dégoût qu'elle avait gardée dans son ventre.

Karen se passa de l'eau sur le visage. Elle sortit un rasoir de sa poche et se coupa l'avant-bras. Une légère décharge électrique traversa son corps. Elle répéta l'opération trois, quatre, sept fois. Ce furent des entailles superficielles. Elle aurait aimé s'en faire une plus profonde. Elle ouvrit la trousse de premiers secours, se mit un pansement. Elle baissa ses chaussettes et se fit une grosse entaille dans le mollet en laissant échapper une longue expiration. Un autre pansement, puis elle enveloppa le rasoir dans du papier toilette ; il y avait beaucoup de sang, les chaussettes blanches de son uniforme étaient tachées, ses chaussures blanches aussi. Elle ouvrit le robinet et se mouilla frénétiquement les cheveux en tâchant de les aplatir avec sa main. C'était inutile. Plus ils étaient mouillés, plus ils frisaient. Karen poussa un cri. Elle était enfermée dans les toilettes de l'institut, elle essayait de se lisser les cheveux sous l'eau en criant. Elle enleva ses chaussettes, les rinça dans le lavabo tandis que la chanson de Los Diablitos résonnait dans sa tête, comme un disque rayé : « Et vole, vole, vers d'autres chemins, et rêve, rêve, le monde t'appartient. » Quand elle eut fini de les laver, sur le point de les enfiler trempées, Karen remarqua qu'il y avait du sang par terre ; elle se pencha pour nettoyer les taches avec l'une de ses chaussettes, en chantant à tue-tête : « Et vole, vole, vers d'autres chemins, et rêve, rêve, le monde t'appartient. » Elle entendit deux coups à la porte, des pas, la voix de *doña* Josefina, du bruit, des allées et venues. Karen chantait en nettoyant le sol, mais sa blessure continuait de saigner, tout comme l'entaille sur son avant-bras.

— Karen, ouvre cette porte !

C'était *doña* Josefina. Elle ne se souvenait pas de grand-chose : quand elle rouvrit les yeux, elle était dans sa cabine et sa cliente avait disparu. Sa cheville était bandée, il y avait de la gaze autour de son avant-bras et de ses poignets. Quelques minutes plus tard, *doña* Josefina apparut à l'entrée de la cabine.

— Monte dans mon bureau dès que tu te sentiras mieux.

Karen ferma les yeux et sombra dans un sommeil profond.

39

Josefina de Brigard a demandé à Karen de quitter la Maison de la Beauté dans les plus brefs délais, en lui recommandant de se faire aider psychologiquement.

— Ma fille, tu es malade. Tu ne peux pas rester ici. Ce serait mieux que quelqu'un vienne te chercher.

Karen a essayé de contacter Susana, mais elle ne répondait pas au téléphone ; d'ailleurs elle ne lui répondrait plus jamais. Puis elle m'a appelée. J'étais en train de boire un café avec Lucía et je lui ai répondu que j'arrivais tout de suite, avec Lucía. Nous l'avons aidée à rassembler ses affaires. Comme Karen insistait pour voir Susana, je lui ai promis qu'on la retrouverait. Nous sommes allées chez moi. Pour la première fois, elle est entrée dans mon cabinet de consultation. Nous l'avons allongée sur le divan. Lucía lui a couvert les pieds avec une couverture en alpaga. La nuit tombait. Comme toujours à Bogotá, il faisait froid.

— Tu avais raison, elle est belle, m'a dit Lucía.

Karen s'est endormie. Un rayon de soleil lui coupait le visage en deux, une moitié était dans la lumière et l'autre dans l'ombre. J'ai préparé une théière. Nous avons mis en route la fontaine de la terrasse qui donnait sur la baie vitrée du cabinet. Le bruit de l'eau m'a toujours aidée à mettre mes pensées en ordre. J'espérais que cela ait le même effet sur Karen. Lucía s'est mise à lire le magazine de psychologie qu'elle tenait dans la main.

— J'aimerais bien ouvrir mon cabinet. Tu trouves que je suis trop vieille pour ça ?

— Tu serais très bonne, lui ai-je dit.

Nous avons veillé sur son sommeil durant presque une heure. Quand elle a rouvert les yeux, il faisait nuit.

— Tu es Lucía, a fini par dire Karen.

— C'est ça, lui a-t-elle répondu en souriant.

C'était une femme qui inspirait confiance. Avec un visage placide. Serein. Et son sourire était sincère. Mais Karen ne le voyait pas. Elle a fixé ses cheveux gris, ses pattes d'oie, ses dents jaunies. Puis elle a refermé les yeux.

— Tu veux rester dormir là ? lui ai-je proposé.

— Pourquoi vous faites tout ça pour moi ?

— Parce qu'on en a envie, a répondu Lucía. Tu ne vas pas bien.

Karen a rouvert les yeux et l'a regardée.

— Que voulez-vous de moi ?

— J'aimerais raconter ton histoire. En fait, Claire et moi, on aimerait raconter ton histoire.

— Des pâtes, ça vous tente ? Qui a faim ? ai-je demandé.

— Pas moi, a répondu Karen.

Je suis allée à la cuisine et j'ai fait bouillir de l'eau pour les spaghettis, j'ai sorti une sauce tomate du congélateur, que j'ai mise à chauffer dans une autre casserole. Je ne les ai pas laissées seules plus d'une demi-heure. Le repas enfin prêt, je suis allée les chercher. Avant de frapper à la porte, je les ai entendues rire. À table, Karen a bu son verre de vin comme si c'était de l'eau et en a redemandé. Elle a fait pareil avec le deuxième puis elle a demandé de l'eau avant de se mettre à parler.

— Je vais le faire, a-t-elle fini par annoncer.

— Quoi donc ? ai-je demandé.

— Raconter.

— Génial, ça mérite qu'on trinque.

Karen a repris des pâtes et elle a accepté de prendre un somnifère une fois qu'on l'aurait ramenée chez elle. Il était important qu'elle passe une bonne nuit réparatrice. Plus tard, elle me dirait qu'elle avait pris les pilules que je lui avais données. Elle dormirait mieux. À partir de ce jour, je serais en charge de son traitement médical et psychothérapeutique. Nous l'avons raccompagnée en convenant de se retrouver dès le lendemain pour commencer à travailler sur le livre. Je lui ai dit de m'appeler si elle avait besoin de quoi que ce soit. Je lui ai laissé une autre boîte de Zolpidem et mon numéro de téléphone sur un morceau de papier. Nous nous sommes dit au revoir en se serrant longtemps dans les bras.

Entre les embouteillages et la pluie, je suis

rentrée chez moi à presque 21 heures. J'étais épuisée ; je me suis préparé une camomille avec des tartines et me suis installée devant la télé. Après une page de publicité, on a annoncé du nouveau dans l'affaire Ramelli : « Un élément vient ouvrir une nouvelle piste concernant la mort du maître Eduardo Ramelli. Le journal *Noticias hoy* a appris que l'auteur du *Bonheur, c'est vous* et *Je m'aime* entretenait une liaison clandestine avec Karen Valdés (à l'écran), une prostituée présumément impliquée dans le meurtre de John Toll, l'agent de la DEA décédé quelques minutes après avoir quitté cette femme, assassiné par un chauffeur de taxi qui aurait pris la fuite une fois l'avoir volé et criblé de balles. Toll venait de passer la nuit avec cette femme, exerçant de jour comme esthéticienne dans un prestigieux institut, la Maison de la Beauté, situé dans la Zona Rosa de Bogotá, où elle travaillait jusqu'à aujourd'hui, avant d'être renvoyée pour troubles mentaux et comportement agressif. Les autorités enquêtent sur le lien possible de Valdés avec les assassinats de Ramelli et John Toll, de même qu'avec la mort, également survenue dans des circonstances étranges, de Sabrina Guzmán Paredes, le 23 juillet dernier. Valdés est la dernière personne à avoir vu la jeune fille vivante, qui avait pris cet après-midi-là un rendez-vous au salon de beauté. Par ailleurs, la mallette dérobée par le chauffeur de taxi contenait des documents classés top secret. La DEA s'est rapprochée des autorités colombiennes pour mettre au jour la responsabilité de Karen Valdés dans ce crime. À l'heure actuelle, le chauffeur de taxi n'a toujours pas été retrouvé. »

À mesure que l'information défilait, je ressentais une pression de plus en plus forte dans ma poitrine. Je ne suis pas quelqu'un d'impulsif, et pourtant, ce jour-là, je n'y ai pas réfléchi à deux fois. Comme si je m'étais préparée toute ma vie pour jouer ce rôle, je me suis levée d'un bond. J'ai attrapé mes clés et mon sac, et je suis allée chercher ma voiture. Dehors, il pleuvait, comme d'habitude. En route pour l'appartement de Karen, je sentais mon cœur tambouriner. Les médicaments avaient dû faire leur effet. Ça marchait toujours. Une patiente avait avoué à son mari qu'elle le trompait depuis cinq ans, puis elle lui avait tourné le dos dans le lit et s'était endormie comme si de rien n'était. Le lendemain au réveil, elle n'avait pas compris pourquoi il n'était pas allongé à côté d'elle. Elle avait complètement oublié sa confession. Plus dramatique, un homme sous Zolpidem avait tué sa mère l'année dernière à Bogotá. Ça arrive partout, même dans les familles très bien. Il avait lui-même appelé la police le lendemain pour signaler le meurtre en poussant des cris : on avait poignardé sa mère ! Une enquête avait été ouverte. L'homme fut le premier surpris en découvrant les résultats. Il fut paradoxalement déclaré « non coupable ». On pense souvent qu'une personne qui commet un crime est coupable. Et pourtant, l'être demande d'en avoir la volonté. Dans ce cas précis, avoir commis le crime et en être coupable furent considérés comme deux choses différentes.

Le problème étant que si la loi prenait cela en compte, nous ne payerions plus pour nos crimes et nos péchés. Nous sommes inconscients de nos pulsions, de nos désirs et de nos constructions mentales. Nous ne sommes que des ombres dans une caverne sans issue.

Le gardien m'a ouvert la porte du garage. Après tout, il m'avait vue entrer avec Karen deux heures plus tôt.

— Entrez, docteur, m'a-t-il accueillie, comme s'il me connaissait très bien. Pouvez-vous me rappeler votre nom?

— Claire, Claire Dalvard.

— Allez-y, je vous en prie. Appartement n°402.

J'ai pris l'ascenseur. J'ai dû sonner plusieurs fois à sa porte. Karen a fini par ouvrir. Les cheveux dans le visage. Les yeux ouverts. Elle souriait. Elle avait visiblement pris le médicament. Elle était somnambule. Elle répondrait honnêtement à n'importe quelle question.

— Entre, m'a-t-elle dit, le corps raide.

Je me suis assise. Après lui avoir posé quelques questions banales (si elle avait dîné, quels plans elle avait pour le lendemain), j'ai compris qu'elle était prête à répondre en pilote automatique.

— Dis-moi une chose, comment vous vous y êtes pris pour dépouiller John Toll dans le taxi?

J'avais apporté le dictaphone que j'utilise parfois avec mes patients pour enregistrer les séances. J'ai appuyé sur *rec*.

— C'était une idée de Wílmer.

— Wílmer comment ? Tu connais son nom de famille ?

— Delgado.

— Et ça fait longtemps que vous faites ça ?

— Faire quoi ? a-t-elle demandé, puis elle a éclaté de rire.

— Dépouiller les gens, ai-je répondu en tâchant de ne pas perdre le fil.

— Non, pas longtemps, deux ou trois fois il m'a demandé où j'étais et à quelle heure mon client sortait, je lui disais simplement la vérité, je croyais qu'il était juste jaloux. On n'a jamais décidé de faire du mal à qui que ce soit. Ça non. Je n'étais pas au courant qu'il volait ses clients.

— Tu voulais l'aider ?

— Il est marié à une amie.

— Combien de fois lui as-tu donné des infos sur un client ?

— Quatre ou cinq fois peut-être. Parce qu'il m'a obligée. Il menaçait de tout raconter à Maryuri. Je ne pensais pas que…

— Est-ce qu'il obligeait ses victimes à aller retirer de l'argent ?

— Je t'ai déjà dit que je n'en savais rien, il me demandait juste de lui dire d'où mes clients sortaient et à quelle heure.

— Et Eduardo ?

— Comment ça ?

— Tu le voyais pour l'argent ?

— Quel argent ? Celui qui est dans la valise ?

Karen s'est alors mise en position fœtale sur son lit puis elle s'est endormie. J'ai ouvert le placard : elle était là ; c'était une valise rigide et sombre. Je l'ai ouverte. Dedans, il y avait une quantité astronomique de billets en liasses de cinq centimètres d'épaisseur. Je l'ai remise à sa place et je suis partie. La pluie battait encore. Sur le chemin du retour, je n'ai pu m'empêcher de ressentir une petite excitation. J'avais soudain un rôle central dans l'affaire. J'avais tout compris. Je ne faisais plus attention aux signaux d'alerte. Comme certains de mes patients dépendants, j'avais l'impression de vivre une épiphanie. J'ai pensé que mon empathie pour Karen m'avait empêché de lui poser les bonnes questions. Sans doute parce que je la regardais avec une sorte de condescendance, de pitié, ou avec cette culpabilité que nous ressentons, nous qui ne manquons de rien. Elle n'était qu'une victime de ma prétendue supériorité. Je m'étais sentie flattée d'être la confidente d'une beauté du peuple, à l'apparence modeste et réservée. Mon ego m'avait poussée à l'écouter, à chercher son contact et à lui offrir mon aide, sans voir qu'elle était en train de me manipuler. Ma fonction première en tant que psychanalyste est de faire lever le voile à mes patients, celui que nous tissons tous intérieurement entre nous-mêmes et le monde qui nous entoure. Déformer la réalité nous permet de nous protéger de la souffrance, mais cela nous bande les yeux en même temps.

Mon intuition avait cessé d'être infaillible. J'avais vu en Karen une personne délicate. Consciente de ses faits et gestes. Entière. Éveillée. Attentive. Affectueuse. Spontanée. Bonne.

Et tout n'était donc que mensonge. Karen n'était qu'une meurtrière impitoyable, une femme qui avait supprimé le mari de mon amie, et qui avait même eu le toupet de me parler d'une de ses victimes en jouant la martyre. Elle avait gagné ma compassion puis elle m'avait vendu une histoire sans aucun rapport avec la réalité : Karen n'était qu'une pute viciée par l'ambition, au point d'être capable de tuer pour de l'argent.

Je suis rentrée chez moi vers minuit. J'ai décidé de ne pas appeler Lucía. J'ai pris un cachet pour dormir, j'ai fermé les yeux, en vain, je me suis retournée dans mon lit, me suis relevée, j'ai allumé la lumière, il était 2 heures du matin, j'ai pris un autre cachet, éteint la lumière, je n'arrivais plus à voir la bonne facette de Karen, la Karen qui me parlait de son fils Emiliano, la Karen qui achetait des habits bon marché à San Victorino et qui avait un jour débarqué avec un pardessus hors de prix, des bottes et un sac en cuir véritable. Comment n'avais-je pu me rendre compte de rien ? Comment ne l'avais-je pas remarqué plus tôt ? Karen se plaignant des factures à payer, Karen en souffrance, Karen qui se faisait du mal, Karen se passant la main dans les cheveux, Karen souriante, Karen de profil, la main posée sur la hanche, Karen qui caressait mon dos, Karen qui me provoquait en mettant ma raison à l'épreuve avec sa sensualité débridée. Son attitude était pourtant tellement téléphonée, comme une débutante en la matière. Karen était une sociopathe, capable de tout ; la première fois qu'elle m'avait vue entrer à l'institut de beauté, elle avait sûrement dû se dire que j'étais la cible idéale. Alors elle m'avait prise en chasse. J'étais sa proie sans m'en apercevoir, parce que Karen possède ce pouvoir, elle le sait, sa beauté est une arme, voilà pourquoi elle me regardait de cette manière, pourquoi sa peau et la mienne n'avaient l'air de ne faire qu'une lorsqu'elles entraient en contact ; nos discussions auraient dû me mettre la puce à l'oreille, tout comme nos rires échangés et cette fausse complicité qui s'était installée dans la cabine, j'ai allumé la lumière, 5 heures déjà, besoin de dormir, je réfléchissais à tort et à travers, ma bouche était pâteuse, je me suis levée, me suis servi un verre d'eau, l'ai bu d'un trait, je revoyais son visage cerné de petite fille, ses sourcils froncés quand elle chauffait la cire, et son ventre plat, ses seins dressés, son corps élancé et droit, son menton fendu et sa bouche, cette bouche pulpeuse, exquise comme une fraise sauvage.

40

Lorsque Luz m'a réveillée, mon premier patient était déjà arrivé. J'ai dû me passer de l'eau sur le visage, me changer rapidement et entrer dans mon cabinet. J'étais distraite, incapable de me sortir Karen de la tête. J'ai reçu deux autres patients ; à midi, j'ai pris mon agenda et annulé tous mes rendez-vous de l'après-midi. Ensuite, j'ai appelé la police et je leur ai dit détenir des informations sur l'affaire Toll. Ils m'ont dit d'appeler à un autre numéro, et après beaucoup d'attente, on a fini par me mettre en communication avec le procureur chargé de l'enquête. Il venait d'être nommé à ce poste, depuis que son prédécesseur avait obtenu une promotion. On exigeait apparemment de lui des résultats dans les plus brefs délais. Il m'a donné rendez-vous l'après-midi même à son bureau.

Le procureur était un homme âgé. J'ai voulu savoir pourquoi l'ancien procureur avait été remplacé, mais il n'a pas voulu rentrer les détails et m'a dit que l'ordre venait d'en haut. Il ne pouvait pas m'en dire davantage.

Je comprends maintenant que j'agissais par dépit, par désir de vengeance. Je me sentais trahie, ce qui m'a empêché de réfléchir à ce que j'étais sur le point de faire. J'ai été directe. J'ai parlé pendant près d'un quart d'heure. Je lui ai donné l'enregistrement, ainsi que l'adresse de Karen. Je lui ai expliqué où trouver la valise. Il m'a garanti l'anonymat. Je l'ai remercié avec une sorte de soulagement, mais qui n'a été que momentané, car je me suis mise à douter dans le taxi du retour. L'attitude du procureur ne me semblait pas tout à fait digne de confiance. Il avait dit : « L'hypothèse actuelle est que Karen a embauché quelqu'un pour contacter Sabrina via Facebook et lui donner rendez-vous quelque part dans l'intention de lui faire du mal. » D'après les enquêteurs, elle avait agi ainsi parce qu'elle était amoureuse d'Eduardo, sur lequel Sabrina avait également jeté son dévolu.

— L'histoire typique du triangle amoureux passionnel, avait dit le procureur.

« L'hypothèse actuelle ? » me suis-je demandé. Et d'où venait-elle, cette hypothèse ? Ou plutôt : qui était derrière cette histoire de « triangle passionnel » à dormir debout ?

— Ses collègues du salon de beauté confirment ses troubles mentaux. Il s'agit sans doute, comme vous le dites vous-même, docteur, d'une personne déséquilibrée, avait insisté le procureur.

Je n'étais plus sûre de rien. J'arrivais déjà presque devant chez moi.

Quand je lui avais demandé qui l'avait mis au courant de la relation entre Sabrina Guzmán et Ramelli, le procureur m'avait répondu : « Un informateur anonyme. » Et si cet informateur anonyme était Diazgranados ? Et si c'était lui qui avait tout manigancé ? J'ai garé ma voiture dans le parking et je suis montée dans l'ascenseur. À peine étais-je rentrée chez moi que mon portable a sonné. Lucía. Je n'ai pas eu le courage de répondre. J'ai demandé une tisane à Luz, en pensant aller m'allonger un moment sur mon lit pour me reposer avant de faire quoi que ce soit. En m'asseyant, j'ai vu clignoter la lumière rouge de la messagerie de mon fixe à l'autre bout de la chambre. Je me suis approchée, j'ai appuyé sur le bouton et j'ai entendu la voix de Consuelo Paredes qui disait vouloir me rencontrer. « Karen Valdés m'a demandé de vous contacter, j'ai des informations sur la mort de Sabrina Guzmán, je suis sa mère. » Je l'ai rappelée aussitôt. Nous sommes convenues de nous retrouver une heure plus tard à Il Pomeriggio. Le temps passait lentement. Je ne cessais de me repasser en boucle les événements des derniers jours. J'y suis finalement allée à pied. Je l'ai trouvée assise en terrasse, avec de grandes lunettes aux montures dorées, les cheveux dans les yeux.

— Vous êtes Claire ? a-t-elle demandé en me voyant.

— C'est moi, ai-je répondu, comment avez-vous deviné ?

— Je suppose que votre apparence correspond bien à votre prénom, a-t-elle dit.

Elle a relevé ses lunettes : elle avait des yeux rouges et très cernés.

— Enchantée. Consuelo Paredes.

— Claire Dalvard.

Mes mains tremblaient. Nous nous sommes assises près de la fontaine. Il ne pleuvait plus mais il faisait un de ces froids secs qui s'infiltrent dans les os.

— C'est Karen qui vous a parlé de moi ?

— En effet. Vous semblez étonnée.

— Un peu. Que vous a-t-elle dit ?

— Qu'elle avait confiance en vous.

J'ai senti mon cœur se serrer.

— Claire, je crois que Karen est en danger. J'ai appris qu'on avait changé de procureur et j'ai parlé à un agent de la police criminelle. Il m'a expliqué qu'ils faisaient parfois ça quand ils voulaient « maquignonner » une affaire, comme ils disent grossièrement.

— Je ne comprends pas.

— Lorsque quelqu'un souhaite donner une certaine tournure à la résolution d'une enquête, on change de procureur et d'enquêteur principal et on met des corrompus à la place, avec une hypothèse bidon, un coupable et un mobile.

— Et qui serait derrière tout ça ? ai-je demandé, en connaissant toutefois déjà la réponse.

— Aníbal Diazgranados. Vous saviez qu'il est le père de l'homme que nous soupçonnons d'avoir tué notre fille ?

— Je l'ignorais, ai-je menti. En avez-vous la preuve ?

— C'est justement de cela que je voulais vous parler.

Le serveur est arrivé.

— Qu'est-ce que je vous sers ?

— Un cappuccino, a demandé Consuelo Paredes.

— Un gin tonic, s'il vous plaît. Racontez-moi tout, l'ai-je ensuite priée, la gorge sèche.

— Pour vous la faire courte, mon ex-mari et moi avons engagé un détective privé très expérimenté. Il a découvert un mot signé LAD dans la chambre de Sabrina.

— Luis Armando Diazgranados ?

— Lui-même. Le détective s'est procuré un échantillon de son écriture et il a demandé une analyse graphologique.

— Positive ?

— Oui, m'a répondu Consuelo Paredes.

— Cette preuve est-elle valable pour relier Diazgranados à la mort de votre fille ?

— Nous allons faire en sorte que oui, même si les policiers chargés de l'enquête ne la prendront certainement pas en compte. Ils prétendent que nous l'avons obtenue par des moyens illégaux et que, par conséquent, elle ne vaut rien.

— C'est impossible, ai-je dit.

— Mon avocat a renoncé à nous défendre quand il a reçu des menaces de mort. Claire, c'est grave. Quelqu'un essaie de faire accuser Karen de la mort de ma fille pour sauver la peau de Diazgranados.

— Qu'est-ce qui vous fait croire ça ?

— On s'est introduit sur le compte Facebook de ma fille. C'est du moins ce qu'aurait découvert Kollak. Ce doit être un coup de la nouvelle équipe d'investigation. Ils essaient de trafiquer quelque chose sur la nuit de sa mort.

— Kollak ?

— Le détective.

— Il s'appelle Kollak, comme dans la série télé ?

— Oui, a répondu impatiemment Consuelo.

— D'accord, ai-je dit en buvant une longue gorgée de gin ; je n'avais rien à ajouter.

— À vrai dire, je m'attendais à un plus grand soutien de votre part, je vous sens un peu indifférente. La seule chose qui leur manque pour déclarer Karen coupable des trois homicides, c'est une preuve irréfutable, voilà tout. Et pendant ce temps, Luis Armando est libre, comme le misérable assassin de Toll. Vous comprenez qu'on va peut-être l'extrader ? La DEA tire les ficelles. Le gouvernement doit leur donner quelqu'un et c'est la petite qui va faire office de bouc émissaire pour la mort de Sabrina, de Ramelli et de l'agent Toll, sans pourtant avoir fait le moindre mal à aucun d'entre eux.

J'ai soudain eu envie de vomir.

— Vous êtes toute blanche, m'a dit Consuelo. Vous vous sentez bien ? Claire, vous êtes donc aveugle ? Si Karen a commis un délit, c'est de s'être prostituée, et cela n'a strictement rien à voir avec le fait d'être une meurtrière !

— Comment savez-vous tout ça ?

— Par Kollak. Il a contacté Susana, une collègue de Karen. Elle lui a dit que Karen se prostituait, qu'elle avait effectivement une liaison avec Wílmer Delgado, mais qu'elle ignorait que celui-ci volait les clients de Karen. Susana ne croit pas il y ait eu un quelconque accord entre eux deux, elle sait juste qu'il conduit un taxi et que c'est le mari d'une de ses amies. Elle lui a assuré être certaine que Karen n'était pas une délinquante. Le problème, c'est qu'Aníbal Diazgranados est derrière tout ça, et qu'il lui sera très facile de la relier aux autres affaires.

— Et le chauffeur de taxi, celui qui a emmené Sabrina à San Blas ? Vous ne l'avez pas retrouvé ? ai-je demandé.

— Kollak est allé le voir il y a deux jours, là où il joue au ping-pong. Mais le type lui a posé un lapin. Nous avons appris entre-temps qu'il est porté disparu depuis six jours.

— Je dois y aller.

— C'est moi qui paye, a dit sèchement Consuelo, l'air tendu. Si vous devez partir, partez, a-t-elle ensuite ajouté.

— Ils ont trouvé une preuve pour faire accuser Karen ?

— Une vidéo d'elle qui entre avec Toll dans le motel où ils s'étaient donné rendez-vous. Ça n'arrange pas son cas, mais ce n'est pas non plus une preuve d'implication dans l'assassinat.

Personnellement, je ne pense pas que ce soit le cas.

— Et que pensez-vous alors ?

— Je pense qu'elle a eu ma fille comme cliente à la Maison de la Beauté, qu'elle s'est entichée à la fois de Ramelli et de Wílmer, mais qu'elle n'a jamais tué personne.

— Mais ils ne peuvent pas l'accuser sans preuve, n'est-ce pas ?

— Si, ils peuvent. Il n'y a besoin que de trois choses pour envoyer quelqu'un en prison : une cause, un mobile et une opportunité. La sainte Trinité est bien là, ils y ont veillé. Et vu comme ils sont corrompus, je ne serais pas surprise qu'une preuve apparaisse bientôt.

Après un long silence lors duquel j'ai cherché quelque chose à ajouter, je me suis levée péniblement.

— Vraiment, je tombe des nues, Claire. Karen m'avait dit que vous étiez comme une mère pour elle, et d'aller vous trouver en cas d'urgence ; je vous annonce qu'elle est sur le point d'être accusée injustement et qu'elle risque de finir sa vie en prison pour un crime qu'elle n'a pas commis, et vous ne réagissez pas.

— Que s'est-il passé avec Susana ?

— C'est tout ce qui vous intéresse ?

— Excusez-moi, je crains de ne pouvoir vous aider davantage, je dois y aller.

41

Je me réveille cernée de voix étranges dans une odeur de sueur et d'urine. Bien qu'il semble faire nuit, une voix éructe :

— Bouge-toi, la nouvelle. Ou t'auras pas de petit déjeuner !

Une femme m'enjambe, sa tong frôle le bout de mon nez. Je suis étendue par terre. À côté de moi, dans un sac en plastique, il y a un verre et une gamelle métallique. Je les prends, je suis le mouvement. C'est à peine si je distingue les silhouettes des autres femmes. Je me lève laborieusement. Ma tête cogne. On arrive dans un couloir sombre entouré de barreaux. On descend des escaliers sur deux étages, puis on passe une grille pour débouler dans un autre couloir. On arrive dans une cour où se trouve une longue file d'attente. On avance lentement jusqu'à un pavillon avec un sol en ciment et des murs carrelés de blanc, comme une salle de bains. La file est immense, et sous ce toit très bas, résonnent des voix de femmes. Je les suis. La file est longue, ça avance lentement.

Dans le mur, il y a des trous d'où dépassent des mains sans visage ; celle-ci est armée d'une louche. Depuis le premier trou, on me tend un morceau de pain dur qui atterrit dans la gamelle ; du deuxième, tombe quelque chose qui ressemble à de l'œuf laiteux avec des petits bouts de viande rose ; du troisième, on nous sert un café aqueux et tiédasse avec du lait que je mets dans mon verre. Puis les femmes regagnent le couloir et vont s'asseoir par petits groupes dans la pénombre. La nourriture sent le rance. Je ne veux pas y toucher. Je marche en direction d'une femme aux yeux bleus que les autres appellent « le Capo ». Je lui demande où nous sommes. « À la prison du Bon Pasteur », m'explique-t-elle. Je lui pose d'autres questions, mais elle me tourne le dos et s'éloigne. Je reste plantée là, comme un fantôme au milieu du couloir et des voix. « Ça y est, me dis-je. Ça y est, je suis au Purgatoire. »

Derrière moi, deux détenues rient. Ma gamelle et mon verre sont tombés par terre, l'air me manque, une femme arrive en courant et ramasse brusquement mon pain et les restes de nourriture. Ensuite, de ce jour-là, je ne me rappelle plus rien. Pas même de mes pleurs incontrôlables, ni de m'être pissé dessus, comme on me l'a raconté plus tard. Quand je me réveille, il fait nuit. Je suis à nouveau étendue par terre. Dans la cellule, il y a quatre autres couches, mais nous sommes huit. Ma voisine fait un cauchemar. Elle crie. J'ouvre les yeux et je sens que j'étouffe à nouveau. J'ai tellement peur que je n'arrive pas à crier.

Depuis que je suis arrivée ici, je ne dors plus. Et c'est presque mieux ainsi, parce que dès que je me réveille, je me souviens d'où je suis et je n'arrive plus à respirer, puis ne restent que les pleurs.

Une image m'est revenue à la figure comme une couverture étouffante : la petite nappe à fleurs violette que ma mère sortait pour les anniversaires ; le souvenir de cette nappe me donne envie de pleurer.

Petit à petit, je m'habitue à l'odeur de transpiration, à emprunter le couloir avec ma gamelle et mon verre en plastique avant le lever du jour pour aller chercher le petit déjeuner, aux cris à chaque fois qu'une femme apprend sa condamnation, à l'idée d'un Dieu qui serre mais n'étrangle pas, aux tristes fêtes d'adieu quand une recluse retrouve la liberté, à ne plus voir ni la lune ni les étoiles, à ne pas pouvoir boire un verre d'eau quand j'ai soif, à me retenir d'aller pisser, à faire la queue pour chier, la queue pour manger, la queue pour me doucher, et à ne pas dormir. Mais je ne m'habitue pas à avoir envie de mourir.

Trois fois j'ai commencé à écrire une lettre à Emiliano, mais je reste là à regarder la feuille blanche et les larmes me montent aux yeux.

Parfois j'ai l'impression de vivre dans un zoo.

J'écris parce que Claire me l'a demandé. Elle a fini d'écrire le livre. Lucía le révise, elle lui suggère parfois des choses à ajouter ou à enlever. Elles veulent que je le lise quand il sera terminé pour que je leur donne mon avis. Je ne pense pas que j'aurai une opinion là-dessus. Elles disent que le livre va aider à prouver mon innocence.

Mais c'est trop tard maintenant. Être ici a déjà fait de moi une coupable.

Depuis que je suis arrivée, j'ai appris à lire sur les visages. Claire est encore venue me voir avec ses excuses et ses cadeaux, toute parfumée de rose et de lavande. J'ai regardé ses mains. Je l'ai trouvée fatiguée. Elle m'a raconté qu'elle retournait en France, qu'elle n'avait pas réussi à se sentir bien en Colombie et qu'elle craignait de ne pas pouvoir faire beaucoup plus pour moi. Ce sont ses mots. Elle m'a dit aussi que Luis Armando Diazgranados avait été abattu en plein jour dans la rue. Je me suis souvenue de Sabrina Guzmán et je me suis sentie soulagée un instant. Je me suis demandé qui épilait Claire désormais, qui lui faisait des massages.

La semaine prochaine, Lucía viendra chercher ces pages. On mettra ainsi un point final à mon histoire.

Je me fiche que l'audience soit encore reportée, ou que Susana soit venue me rendre visite, mariée depuis peu et bonne catholique ; elle a dit qu'elle m'avait pardonné. Je ne veux plus penser au monde extérieur, ce monde-là m'a abandonnée, comme m'ont abandonnée tous mes désirs, y compris celui d'écrire à Emiliano. Ces tout petits désirs qui me restaient, ils sont partis maintenant, et dans mes veines, il n'y a plus que de la tristesse qui coule. Je suis gravement blessée et je préfère encore mourir enfermée là-dedans que d'être obligée de ressortir.

L'autre nuit, je l'ai entendue. On raconte qu'une femme s'est pendue avec ses draps et qu'on l'a retrouvée le lendemain avec un talon rouge au pied. Depuis, on n'a plus de draps, et la Faucheuse se promène en talons dans les couloirs quand une prisonnière va mourir. Au petit déjeuner, j'ai raconté aux autres que je l'avais entendue. D'abord personne ne m'a crue. Puis elles ont commencé à parier sur celle qui serait la prochaine à y passer. Depuis mon arrivée, une seule fille est morte. Il paraît qu'il y en a deux par an. Ce sera peut-être une autre manière de mesurer le temps qui passe. Peut-être qu'aujourd'hui la Faucheuse viendra enfin me chercher, perchée sur ses talons. Peut-être qu'aujourd'hui ce sera mon jour de chance.

REMERCIEMENTS

À l'université d'Art et de Design de Santa Fe (Nouveau-Mexique), pour m'avoir fourni du temps et un lieu pour écrire, et spécialement à María Alexandra Vélez pour avoir rendu cela possible.

À Santiago Salazar, Guillermo Puyana, Sandra Navas, Laura Escobar et John Jairo Muñoz, pour les informations précieuses qui ont contribué à donner de la consistance à cette histoire.

À ceux qui m'ont aidée à faire mûrir ce texte : Camila Segura, Paola Caballero, Laura Escobar et Carlos Castillo Quintero.

À Ricardo Silva Romero, l'un des premiers à m'avoir attentivement écoutée parler de cette histoire.

À Andrés Burgos, qui m'a donné des clés pour le personnage de Claire et qui m'a aidée à trouver une fin.

À Marcel Ventura, pour sa rigueur, sa lucidité et sa délicatesse pendant l'exercice difficile du polissage du texte, avant d'aboutir à sa version finale.

À mes belles-sœurs et à mes sœurs, qui m'ont aidée à me dégager du temps et de l'espace pour écrire.

À ma maman, Myriam de Nogales, pour son intérêt aimant à l'égard de mon travail.

À Ricardo Ávila, l'étoile et le moteur.

Bogotá, le 12 décembre 2014

La traductrice remercie la Casa del Traductor de Tarazona (Zaragoza), où ce roman a été en partie traduit pendant l'automne 2017.

DU MÊME AUTEUR

LE SALON DE BEAUTÉ, Denoël, 2018, Folio Policier nº 888.

Composition In Folio
Impression Novoprint
à Barcelone, le 20 mai 2019
Dépôt légal : mai 2019

ISBN 978-2-07-284103-3 / Imprimé en Espagne.

347681